金牌小说

Awarded Novels
长青藤国际大奖小说书系

the Twenty-One Balloons
二十一只气球

〔美〕威廉·佩内·杜·博伊斯 著、绘   许效礼 译

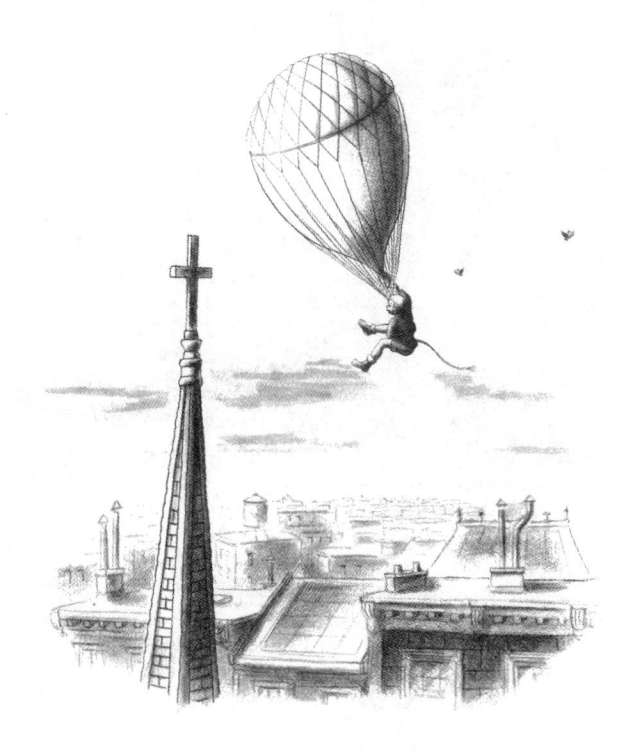

晨光出版社

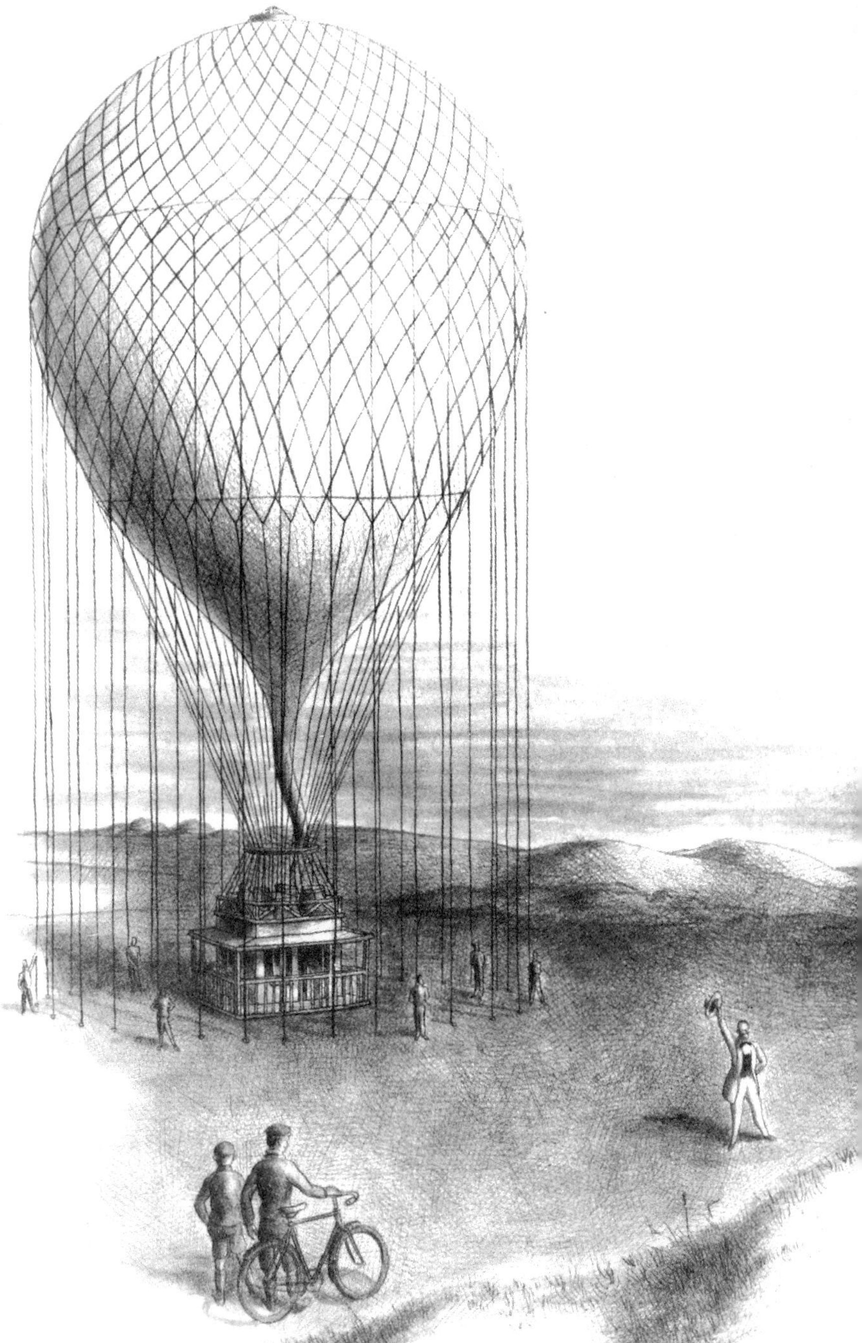

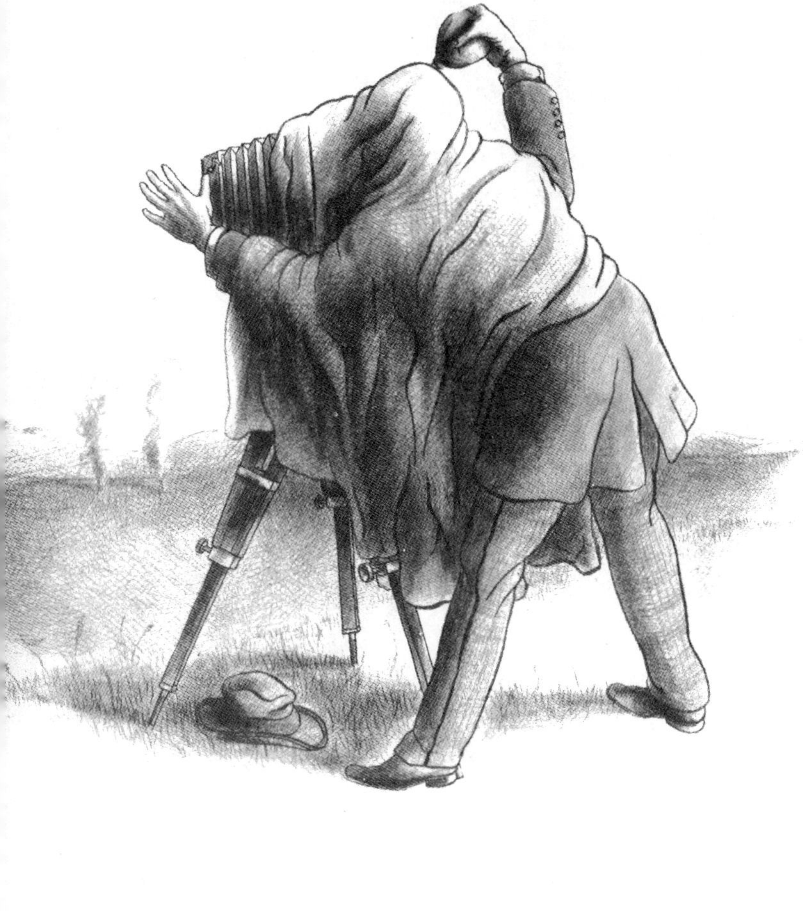

献给
我挚爱的
妻子

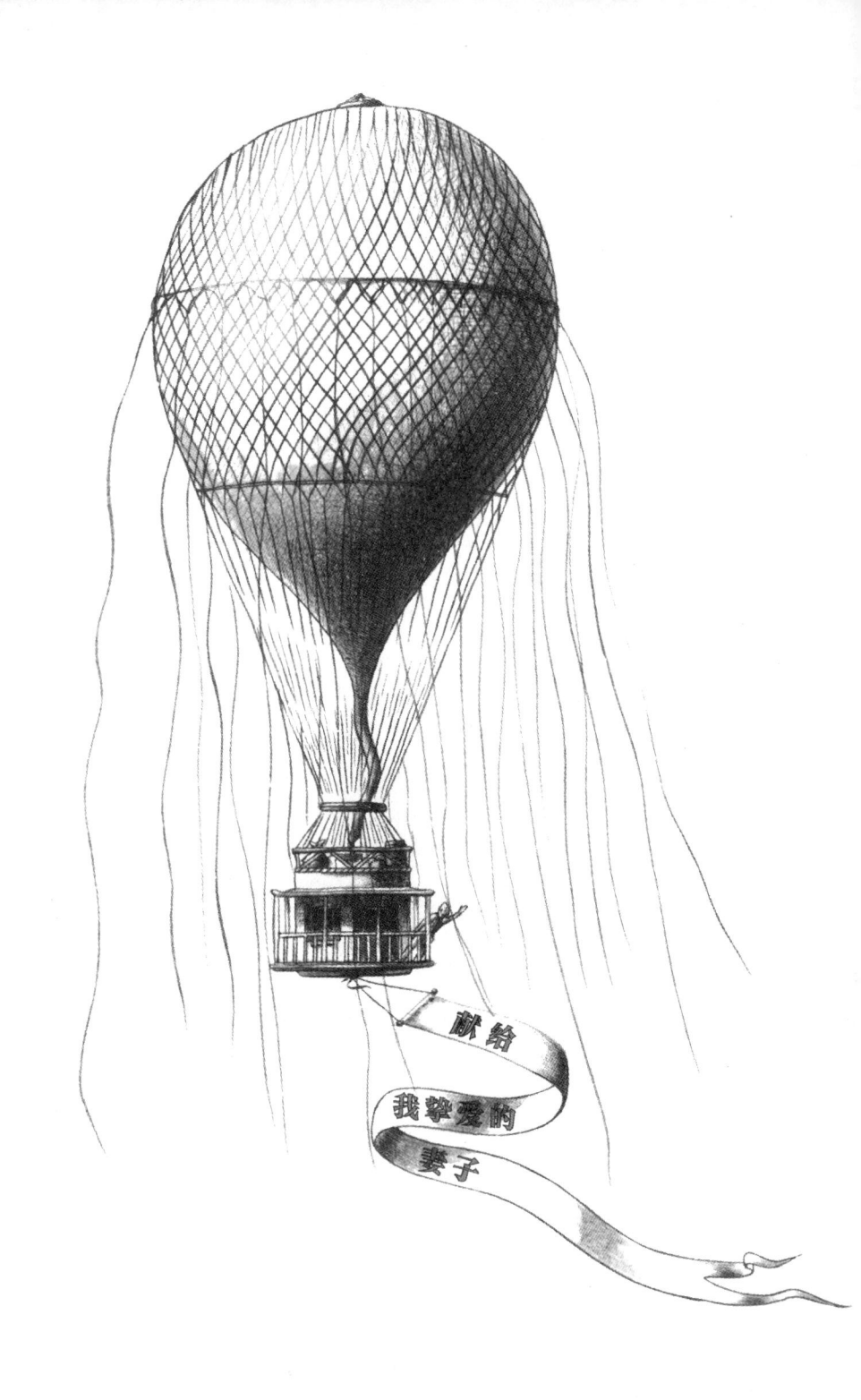

前 言
Preface

《二十一只气球》为美国儿童文学作家威廉·佩内·杜·博伊斯1947年所作,是一个半真实、半虚构的历险故事,时代背景为1886年。该书于1948年获纽伯瑞儿童文学金奖,此后在多国畅销不衰。

译者对原书精读多遍,对译文字斟句酌,所以最有资格对小读者承担起导读的责任。然而,即使是同一本书,不同层次、不同阅历、不同志趣的读者从中也会看到不同的东西。恰如一千个读者会看到一千个哈姆雷特,连《二十一只气球》这样思想内容相对简单的童书,不同读者的兴奋点也会不尽相同。对于《二十一只气球》,有人会欣赏书中主要人物的坚毅勇敢、未雨绸缪、临危不惧;有人则可能乐见故事题材的新奇刺激、情节的起伏跌宕;而历尽生活沧桑且有思辨习惯的读者,则更容易联想到成书年代的历史背景、时代特征和凸显的社会矛盾。

虚构作品其实所言不虚。它无法做到绝对超然于现实之上,那样就像抓着自己的头发想要离开地球一样。虚构作品无不被打上了现实生活的印记。从中发现作品有意无意间折射了怎样的社会现实,寄托了作者怎样的社会理想,这是读书的应有之义。就像读

《红楼梦》，在沉浸于故事主线的同时，不可无视书中展现的康雍年间广阔的社会场景。

我们的读者都是少年，即将步入青年时代。将来做一个什么样的人，很快就会成为摆在他们每个人面前无可回避的人生选择。我们应该希望，能有更多的青少年通过读书和思考培养起一种历史感，了解人类、国家、民族和社会是怎么一路走来的，将来应该到或者可能到什么地方去；希望他们早一点告别幼稚、虚浮与依赖，在"风声雨声读书声声声入耳，家事国事天下事事事关心"的精神历程中，开启自己胸怀博大、以天下为己任的伟岸人生。

《二十一只气球》的作者凭着别具一格的想象力，塑造了一个远离现代尘嚣和恶性社会竞争的世外桃源——喀拉喀托岛。这里有一片不为世人所知的钻石矿，使得岛上的20户人家一夜间成了身家个个超过美国财政部资产100倍的巨富。由于各自利害关系的相互制约，钻石产权又必须在20户人家之间平均分配。这样一来，海岛便巧妙地消弭了世界任何地区概莫能外的阶级矛盾和贫富不均。岛民们实际生活在一个理想的大同社会里，既无需为糊口而劳作，也不必为发财而焦虑，可以将全副精力投入科学与艺术的研习与创造，追求个人的全面发展。我们在惊异于作者天才、浪漫、充满想象力的神来之笔的同时，心头难免闪过一丝苦涩：可惜呀，这只是一厢情愿，一种对在世界任何地方都不曾实现过的理想社会的憧憬（兴许是作者本人并没有意识到的憧憬）。它间接地反映了当时严酷的社会现实，而这种社会现实的刺激促使作者于有意无意间为我们创造了一个喀拉喀托天堂或喀拉喀托神话。

必须承认，无论是故事发生的历史时期（19世纪80年代），还是作者成书的年代（1947年），都是美国的黄金时代。前者因为盛名之下其实难副，也曾被马克·吐温讥为"镀金时代"。但是它的确创造了令人目眩的经济奇迹。黑奴制的废除带来的劳动力大解放、大流动，横贯北美的太平洋铁路的开通，电报、电话、电灯的广泛采用，钢从贵族炫富的奢侈品变为普通原材料的卡内基式成功……巨大的生产力像阿拉伯神话中魔瓶里的怪兽一样被释放出来。至于作者成书的1947年，则更可以成为"美国世纪"的有力佐证：数年充任"民主国家的伟大兵工厂"带来了滚滚利润和一枝独秀的经济繁荣；二战中数一数二的战胜国地位为美国斩获了巨大的国家利益；美元作为世界货币使得金元帝国无可撼动……必须承认，这些也的确帮助无数普通的美国人、穷小子，成功实现了美国梦。

然而鲜花似锦、烈火烹油的盛况难掩缺憾，甚至是巨大的缺憾，至于是何种缺憾，无需在此枚举。假如没有这些缺憾，就不会有各种牌号的社会主义和社会革命了，也就不会有虚拟的喀拉喀托式世外桃源或天堂了。几百年的实践已经证明，资本主义、市场经济无法根除社会贫困，却很容易造成贫富悬殊。而贫富悬殊是一个社会的悲剧。（当然，适度的贫富差距会成为全体社会成员勤奋上进的动力，推动社会的发展。）据此，可以大胆放言：是爱伦坡在纽约商店看到的一盒雪茄抵得上一人一年工资的社会现实催生了威廉·佩内·杜·博伊斯的喀拉喀托神话。岛上的80个居民宁肯冒着随时被火山吞噬的风险，也不愿再回到美国——回到恶性竞争的焦虑中去，对一部分人来讲，还可能是回到贫困中去。

幻想的原动力实质是对现实的不满。归根结底，乌托邦式的浪漫还算是一股积极、向善的精神力量，起码它看到了光怪陆离之下的社会疗癖，指出了疗治的必要，尽管开不出切实可行的处方。从这一点来讲，《二十一只气球》的相关内容是应该给予肯定的。

书中对人性客观直白的定义也应视为积极、正面的。20 户人家在岛上发现了天文数字价值的钻石矿以后，这些原本有教养的美国中产人士，"个个都起了独占矿产的贪心"，开始了你死我活的角力。后来却发现，在荒岛上，在钻矿的秘密切不可为外界所知的前提下，岛上每个家庭的生存都取决于其他家庭的幸福存在，而钻矿产权在 20 个家庭间平均分配则是避免集体翻船的不二选择。于是，社会契约达成了，岛的建设开始了，岛人开始了以科学和艺术创新为基调的新生活，优雅得体的社交活动颇具翩翩绅士之风。故事的最后，全体岛民也算做到了患难与共。

人是兼具动物性和社会性的。作者难能可贵地借书中 F 先生之口大胆揭示了人的动物性或与生俱来的贪欲：

"你这问题（即为什么要冒死住在岛上——译注）很难回答，我确实找不到符合逻辑的答案。这让人想起一连串同一性质的问题。比如，为什么哪儿的百万富翁都赚钱没个够呢？为什么他还要设法再挣 100 万呢？为什么身家几百万的富翁总想着挣满 10 亿。10 亿，这可是一辈子都花不完的天文数字！只要钻石矿的秘密守得住，我们喀拉喀托岛的 20 个家庭就足以富甲天下。钻石矿对我们具有一种特殊的吸引力。我们不可能在任何其他国家幸福地生活，我们会终日魂牵梦绕，惦念着落在岛上的这笔闻所未闻、难以置信的巨大财富。但是，我们不可能把钻石——就是所有的钻石——运到另外一个国家，那样钻石的价值就该贬到一文不值了。我们成了自己贪欲的奴隶。我们画地为牢，将自己囚禁在一座钻石铸成的监狱里。而另一方面，我们在这儿又很幸福。我觉得，一想到自己比史上所有的弥达斯、那巴布、克里萨斯王（皆为神话或史上的巨富——译注）加起来都有钱，仅凭这一点就足以让人神魂荡飏，而这种神魂荡飏也促生了喀拉喀托岛魔咒，使得我们不想离开了。"

作者对人性的这番精彩剖析即使算不上石破天惊，也堪称入木三分了。人性中，真善美的一面是需要教化、自律和培养的，而假丑恶的一面则是很容易膨胀的，比炎夏的食物变质还要快。就拿亲情或人伦来说吧，父母对孩子的爱是无条件的、不讲回报的，穷其一生唯奉献而已。而子女对父母的爱则是需要教育培养的，还得加上法律的依托。

好像有一句名言：人性中善的一面使民主成为可能，而恶的一面则使民主成为必须。喀拉喀托岛由乱到治的过程是发人深省的：为什么在权力的作用下，一个人的思想和做派会发生判若两人、匪夷所思的扭曲？为什么要把权力关在笼子里？为什么凡人都无法做到绝对可靠，都需要契约、制度和法律的保障？喀拉喀托岛是借助社会契约和依法治岛实现了社会和谐的：钻矿产权明晰，一切皆有章可循之后，内斗便停止了，居民们互敬互助，和睦相处，命运与共，其温馨祥和的社会氛围让外来者顿觉耳目为之一新。

　　值得称道的是，作者还关注了在挣脱了温饱和致富的羁绊以后，个人的全面发展问题。当年马克思对迫使人们终生"奴隶般地"从事一种自己未必喜欢的职业是持排斥态度的。在他心目中的理想社会中，所有人的发展应该为每个人的全面发展奠定基础。喀拉喀托岛的居民多具科学与艺术禀赋。在岛上，他们完全摆脱了终日"为稻粱谋"的愁苦。而在世界其他任何地区的人群中都难以绝迹的发财梦，在喀拉喀托岛的社会条件下，则成为无意义之举。因此，居民们，尤其是孩子们，在闲适终日的同时，又把旺盛的精力投入到创造发明之中，目的是使岛民的生活更加美好。从万国风格的住宅到美食烹饪；从各种神奇精巧的家用电器到气球旋转木马；从创意新颖的室内装修到紧急情况下启用的气球平台……人们把发展兴趣、实现创意同日常工作融为一体，一说工作就让人联想到的枯燥和无奈消失了，取而代之的是创造性劳动带来的成就感和快意。

　　人是离不开温饱的，但人又是高于温饱的。必须肯定，作者远在几十年前所持的这一思想，尽管离不开生产力高度发达、物质极大丰富的前提，却无疑具有超前性和进步性，符合人类社会的发展规律，闪耀着人文主义的光辉。现在，终身教育理念已被广泛接受，年逾花甲攻读学位者已不罕见，知识更新已成为越来越多行业的刚性需求……时代的发展越来越多地证明了作者的先见之明。

文章的最后，译者想说几句和阅读本书无关，却和读书目的有关的话。书店的书摊前，家长和孩子共同捧读是一道常见的风景，想必孩子读的书家长也是熟悉的。读书，或为求知，或为明理，或为益智，但读书决不可为黄金屋和颜如玉，也不可为博乌纱，这本质上是风马牛不相及的。一句话，读书的态度必须端正。之前某门户网站的一则新闻报道了某家长的狂言：我为什么要让孩子考清华北大？我的目标是让他将来做省部级！这种原本只能藏在心底的无耻谰言居然还能公开喊出来，可见匡正世风已经到了刻不容缓的地步。

青年周恩来"为中华之崛起而读书"一语早为国人耳熟能详。他曾以诗言志：

大江歌罢掉头东，邃密群科济世穷。

面壁十年图破壁，难酬蹈海亦英雄。

这里说得很清楚了嘛！他"邃密群科"是为了"济世穷"，即为了解国民于倒悬。万一不成功，就学陈天华，蹈海自尽以唤醒国人。高尚与卑鄙，磊落与龌龊，大是与大非，就是这样的泾渭分明。我想，精致的利己主义者自然应该既包括家长也包括学生，因为二者同为这股社会歪风的痼疾。不剖析本质，正本清源，以正视听，社会主义精神文明则无从谈起。

愿《二十一只气球》和所有有价值的童书一样，能对青少年读者们起到娱情、明理、益智的功效。这也是编者和译者的共同心愿。

许效礼

目 录
Contents

序幕 /1

第一章
谢尔曼教授的忠诚令人难以置信 /7

第二章
欢迎英雄归来 /18

第三章
描述一下"环球"号 /35

第四章
不速之客 /48

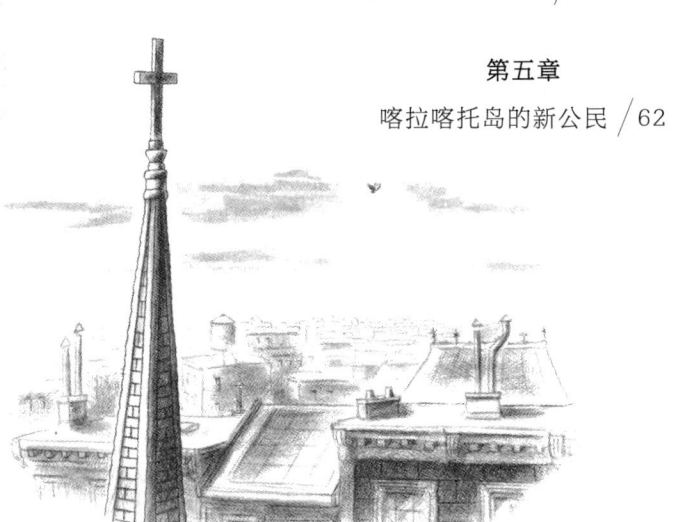

第五章
喀拉喀托岛的新公民 /62

第六章

美食政府 /79

第七章

神奇的摩洛哥房子 /98

第八章

空中旋转木马 /117

第九章

关于巨型气球救生筏 /140

第十章

上去还是得下来的 /162

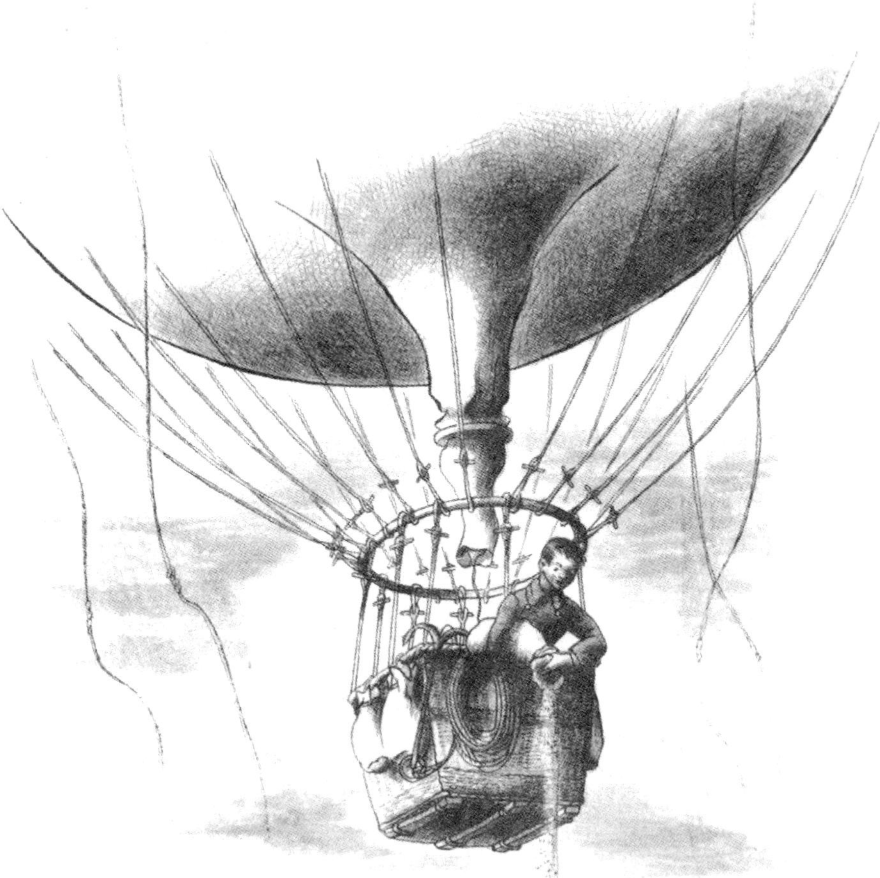

序幕

世上有两种旅行方式。常见的一种是乘坐能想到的最快的交通工具,抄最近的路;另一种就是不太在意要上哪儿、需要多久,甚至也不太在意最终能不能抵达。只要看一下猎犬,这两种旅行方式也许就很容易理解。一种猎犬是凭着嗅觉直奔猎物的;另一种则沿着鼹鼠丘、野兔洞、垃圾箱、树丛,东嗅嗅,西闻闻,也许根本不在意什么猎物不猎物的,除非凑巧撞上了。后一种漫游式旅行一向被认为是最惬意的。这是因为,如同慢条斯理的猎犬这个例子所示,你可以更多地观察世态万象,更多地浏览自然风光。

不久就要进入原子时代了。很容易想象,那时候的旅行将以极速的方式进行。比方说,从纽约去加尔各答。你只要走进纽约站,穿过一扇门进入一个房间,用无线的方式把你发射到加尔各答就行了。余下的事儿就是走出另一扇门,进入加尔各答站,然后走到加尔各答的大街上了。这花的时间绝不比穿过一个普通房间长,一切都是在浑然不觉之间完成的。实际上,进了房间,顷刻间你就会被分解为原子,化为电波,传输到加尔各答。加尔各答的无线电接收机收到后，又会从原子着手，将你复原。离开纽约，刹那间就到了加尔各答，就像一个人的声音从无线电台发出，刹那间世界任何地方就能听到一样。到世界上任何国家的首都都将是一眨眼的事儿。一旦大自然更深层次的奥秘被人发现，时间和空间二者就不再是无法拆分的了。你还会听人说多少"英里[1]"，还会听人说多少"小时"，但是，再说"每小时多少英里"，可就太迂腐了。

然而，假如你不是急着赶路，不在意去哪儿，又懒得迈动双腿，还想把一切都看个究竟，另外，朝哪个方向走也都无所谓的话，那最好的旅行方式就是乘气球了。乘气球，只有出发的时间由你说了算——通常还有停下的时间——其余的就完全交给上苍了。走多快，到哪儿去，要看刮的是什么风了。这是一种极好的出行方式，尤其是离家上学的话。早上起来，抄起课本，爬进吊篮，望着学校的方向，解开绳索，腾空而起。一路上会发生许多好玩的事儿，比如：

a) 可能没有风，那你就永远到不了学校了；

b) 风可能吹得你偏离了方向，把你刮到距学校 50 英里的野外。

---

[1] 英里：英制长度单位，1 英里约等于 1.61 千米。——编者注

c) 也许你会起逃学的念头，也就逃一回，待在气球里是没有人会找你麻烦的。

也许路上会飞临一座球场，你会临时改变主意，迅速降在大看台的屋顶上。上学路上飞越湖泊时，你可以垂下一根鱼线，过一把垂钓瘾。乘气球出门是最棒的，尤其是离家上学。

此类旅行念头曾一个个闪过一个心地善良的老教授的脑际。他的名字叫威廉·谢尔曼。谢尔曼教授在旧金山的一所男校教了四十年数学，对教书一行真是烦透了。起初他只是觉得乘气球上学好玩儿，可以以此解教书之烦，后来又想退休后借气球游休息一年。六十六岁那年，他决定不教书了，便为自己造了一只大气球，气球吊篮里装满了食物。谢尔曼想乘大气球优哉游哉玩上一整年，就这样与世隔绝，无人烦扰，随风飘荡。本书《二十一只气球》讲述的就是他这次激动人心的旅行。之所以说激动人心，是因为他出发不久就陷入了麻烦，包括史上最剧烈的火山爆发造成的颠簸流离。书中也介绍了人类的各种气球自由行，以及目前已知的几项气球发明。本书所涵盖的历史时期为 1860 年至 1890 年，正是气球风行的年代。

故事一半是真的，另一半则完全有可能发生。书中列举的有关气球方面的发明，有些实际制作成功了，而有些由著名的气球发明家完成了设计，只是当时缺乏制作、实验的经费而已。还有一些原本就是很容易付诸实施的。

关于太平洋喀拉喀托岛的内容有一部分是真实的。太平洋上确实有同名的火山岛，的确发生过有史以来最大的爆发。目前岛的面积仅为1883年时的一半。爆发前，喀拉喀托岛海拔1 400米。此后它形成了一个底部在水下1 000英尺的海底空穴。爆发的声音远在3 000英里外都听得到，这是迄今知道的距离最远的声音传送。爆发的威力将尘土、火山灰和石块抛到17英里的高空。喷出物形成的黑云遮暗了爆发地方圆150英里的区域。爆发所产生的气浪高达50英尺，毁坏了无数的船只，淹没、彻底毁灭了数百英里外的海岛村庄，造成了成千上万人伤亡。

本书讲述的是威廉·谢尔曼教授传奇般的旅行故事，以及他在喀拉喀托岛上的那些挚友和传奇般的海岛生活。这种生活在有史以来对任何人来说都算得上最为惊心动魄的一天中结束。

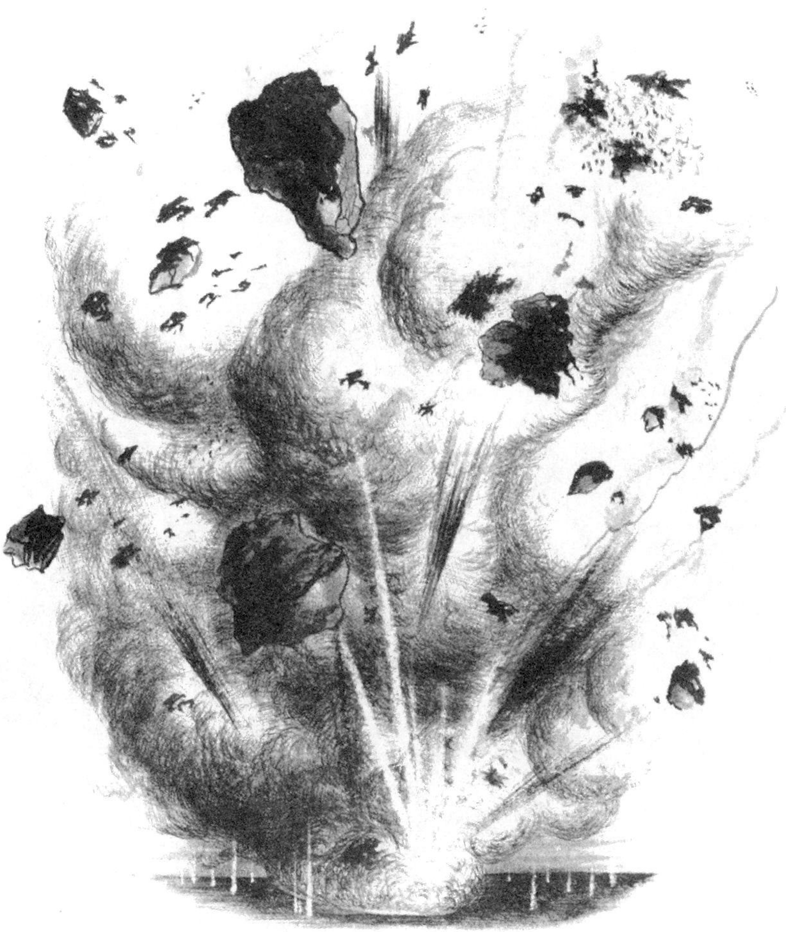

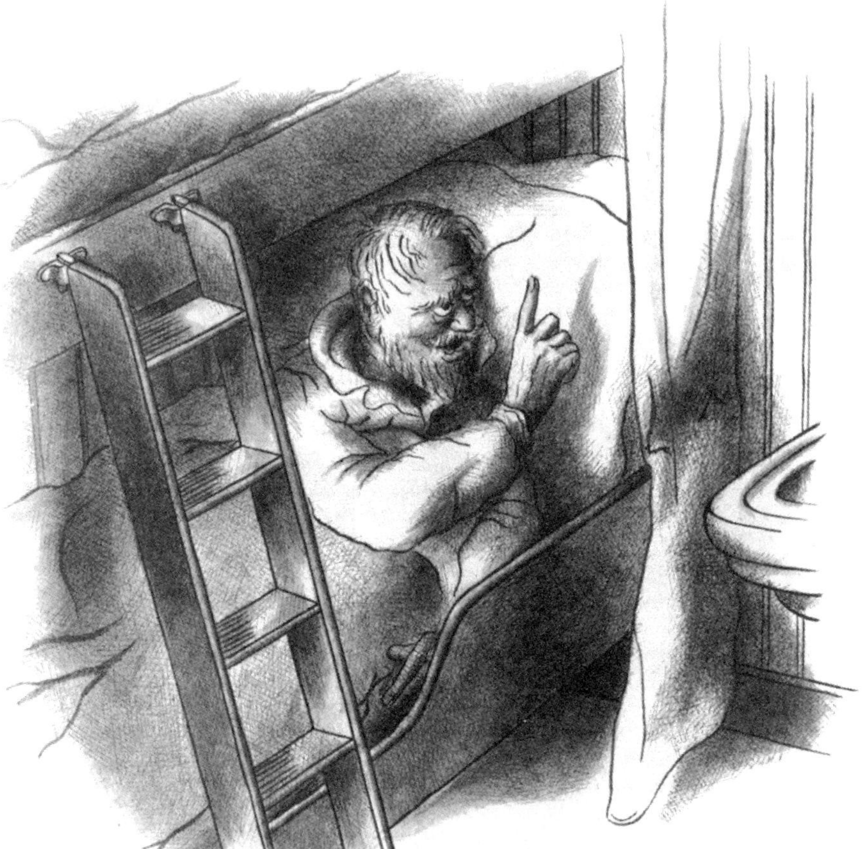

第 一 章
谢尔曼教授的忠诚令人难以置信

1883年10月的第一个星期里,一项前所未有的殊荣降临旧金山的美国西部探险家俱乐部。俱乐部得到承诺,将有幸成为聆听这次谜一般的非凡历险详情的第一家团体。这是最大的年度新闻,整个世界都竖起耳朵等着听的故事——威廉·谢尔曼教授神奇的旅行经历。谢尔曼教授是8月15日从旧金山动身的。他当时告诉记者,自己希望成为飞越太平洋的第一人,随后就乘一只巨大的气球飘然而去。三个星期后,他在大西洋上被人救起,当时已是饥肠辘辘、筋疲力尽,死死抓着20只干瘪的破气球。教授乘一只气球动身飞越太平洋后,又是怎么连同这么多气球现身大西洋的,这一点,全世界的人无论怎么想,都百思不得其解。"坎宁安"号货轮的船长在前往纽约途中,在大西洋上20只残破的气球间发现了他,把他救了起来,立即将他抬上床。他此时病痛缠身,疲惫不堪,浑身发冷,已经失去了知觉。随船医生随即对谢尔曼教授精心施治,船上的厨师用食物和白兰地帮他恢复了体力。他还享受到"坎宁安"号船长约翰·西蒙亲自关照的礼遇。当他的身体复原、可以说话的时候,医生、厨师,还有船长,都在病榻前探着身子,急切地问:"您觉得怎么样了?"

"这已经不错了。"谢尔曼教授回答,声音还很虚弱。

"您觉得有力气给我们讲讲您的故事吗?"西蒙船长着急了。

"我觉得有劲儿了。"谢尔曼教授说,"首先,我想感谢三位先生对我的殷切关怀。但是,先生们,"他变得激动了,"作为旧金山美国西部探险家俱乐部的荣誉会员,我真诚地感到,自己应该首先向这个杰出的团体报告这次不寻常的历险!"

听他这么说,约翰·西蒙船长自然有些不高兴。不管怎么说,是他下令搭救谢尔曼教授的。当时他看到谢尔曼漂在一堆乱七八糟的破木板和泄了气的气球中间,几乎没气了,是他救了谢尔曼的命。随船医生治好了谢尔曼教授,

精心护理他康复,船上的厨师特地为他烹饪了可口的特色菜。所以三个人觉得十分扫兴,而这又让他们更加好奇心切,使出浑身解数,套他讲出自己的经历。他们对谢尔曼先是说理,后来又是劝、又是哄、又是激,用尽了各种办法,甚至劝酒引逗他,还给他服药麻痹他。但是,谢尔曼却好像越来越坚定,用尽浑身气力高声说:"我这个故事,第一次,必须在旧金山美国西部探险家俱乐部的礼堂里讲,我是该俱乐部的荣誉会员!"

"至少您该告诉我您的名字吧?"西蒙船长问,"这样我才可以如实地填写航海日志,记录下这次搭救。"

"这我没什么可隐瞒的。"教授爽快地说,"我的名字叫威廉·沃特曼·谢尔曼。"

the Twenty-One Balloons

"还有一个问题。"西蒙船长又说。

"不要再问了!"谢尔曼教授打断了他,"你救了我,我会酬谢你的,我在船上的开销也会足额支付。只是,这次旅行的每一个细节我要留给美国西部……"

"好了,好了。"西蒙船长无可奈何地离开了教授的舱房,回到自己舱里,在货船的航海日志中作了如下记录:

> 1883年9月8日,星期二;北纬60度,东经17度;晴——午12时,远处望见有怪异残骸。小心靠近,发现为一堆残破木梁,附有20个泄漏程度不等的升空气球。整堆漂浮物中央似有一巨型炉灶,漆为红色,饰有金边。未及接近细验究为何物,炉灶即倾倒下沉。发现一人,紧拽一围栏横梁,发

冷休克，几近筋疲力尽。此人之衣着不似多数探险者或气球驭者，充时尚晚礼服似颇为相宜。救起此人，待其具备言语能力时详问之，然仅吐露其姓名为威廉·沃特曼·谢尔曼。遂令给予谢尔曼教授正常之关照，一如本轮常客，待遇及收费如常。

"坎宁安"号抵达纽约时，谢尔曼教授还是不能自如行动，打算休息几天再乘火车前往旧金山。他请西蒙船长把他送到旅馆去。西蒙船长扶他上了马车，送他到了莫里·希尔旅馆，帮他定好房间，还把房间号记了下来，然后回到船上，取了航海日志，一起送到了《纽约论坛报》编辑部。他知道这次救援故事是有新闻价值的，可以在报社卖个好价钱。《纽约论坛报》当即买下了故事，付给西蒙船长信息费，并马上派了两名记者前往莫里·希尔旅馆，找到了谢尔曼教授的房间。对此做法，谢尔曼教授当然很不高兴，无论记者怎么追问，他只是回答："先生们，对于这次旅行的离奇细节，我要留在旧金山美国西部探险家俱乐部礼堂专门介绍——你们只不过是在浪费自己的时间，同时也在浪费我的时间。再见吧，先生们！"

两位记者觉得窝囊透了，只好最大限度地利用西蒙船长日志里的信息，勉强拼凑出一篇报道登在头版上。尽管故事不完整，但的确引起了相当的关注。报道的标题是：**谢尔曼教授连同 20 个气球残骸在大西洋被发现**。副标题是：*他本人拒绝说明过程和原因。*

《旧金山论坛报》自然蛮有兴致地转载了这个故事。他们致电《纽约论坛报》，告知确实有位名叫谢尔曼的教授最近才乘一只气球飞越太平洋。《纽约论坛报》翻阅自己的摄影资料，发现了一张谢尔曼教授在希金斯气球工厂拍摄的照片。他们又派了一位摄影记者前往莫里·希尔旅馆。记者拍了一张谢尔曼教授的照片（当然费尽周折）。第二天的《纽约论坛报》头版将两张照片并列，以示确实为同一人。大标题则是：**谢尔曼教授不该携多个气球现身此大洋**。副标题则是：*他本人拒绝解释过程和原因。*这两篇报道就足以激起无数人的好奇心了。此时，躺在莫里·希尔旅馆床上的谢尔曼教授突然发现自己成了世界上很多人关注的中心。纽约市市长专程拜访了他。虽然是在旅馆房间，在一位心力交瘁的探险家的病床前，市长却不吝排场和礼仪，将城市钥匙慷慨地赠与教授。谢尔曼教授对此殊荣极力表示感谢。

"那么现在，"市长开口了，"作为回报，请你向我，向纽约，向全国，乃至全世界，详述一下自己的惊人业绩，该不会太过分吧?"

听了这话,谢尔曼教授气得高声叫了起来。"请你离开房间,阁下!"他嚷着,"这明明是贿赂,你是想用一把城市钥匙收买我对美国西部探险家俱乐部的忠诚吗?我说,离开我的房间,带着你的朋友、记者,还有照相师一起!"

第二天早上,《纽约论坛报》对此大加渲染,还是在头版刊出了报道,大字标题是:**城市钥匙未能打开谢尔曼旅行之谜**。

此时,公众的好奇已经达到狂热的程度。第二天早上,谢尔曼教授收到一份电报。这样一份电报,若让一个地位不那么显赫的人收到,似乎足以让他诚惶诚恐,变得谦恭有礼了。电报来自美国总统的秘书,是一份前往白宫作客的邀请,暗示白宫或许是向世界披露众人急于聆听的这个故事的理想场所。电报恳请教授赐复。谢尔曼教授几近不假思索,便口授了如下致总统秘书的电文:

亲爱的阁下:

  谨对总统的邀请表示感谢。对这一邀请,鄙人当视为一道御前献艺的敕令。然而,值此非常时刻,鄙人自觉实难违反探险家群体的一项道德规范。如鄙人的故事并非那么引人入胜,那么,除了探险界同仁以外,没人会在意讲述的地点和时间。然而,鄙人此番历险实乃无与伦比,故此一事实使得恪守俱乐部会员之誓言,最先与旧金山美国西部探险家俱乐部诸君分享经历之细节变得尤为必要。

二十一只气球

恳请将来电示总统，并对其盛情邀请赋予鄙人的殊荣致以诚挚的谢意。

威廉·沃特曼·谢尔曼

总统接到回电非但没有发火，反而表示十分赞赏教授对俱乐部的忠诚。他破例让秘书给谢尔曼教授发去了如下电报：

亲爱的先生：

总统充分体谅您的感受，然而，鉴于全世界都在迫不及待地等待聆听您的故事，他指示我将总统专列调由您支配，并吩咐清空纽约与旧金山之间的铁路线，以期您能以最快速度抵达。总统已得知，您在大西洋经历了那场不幸的海难之后正在休整，目前贵体欠佳，尚无力出行。总统谨向您保证，他的专列会像旅馆卧房一样舒适，旅途中自会有人向您提供一切可能的关心和照顾。如无不便，总统确信，晚上八点自会有一辆救护车将您舒适地接至专列。

不劳您向总统表达谢意。他将热切地期待着您

the Twenty-One Balloons

穿越大陆的消息，因为总统乃至全世界都在屏息伫立，准备洗耳恭听您在旧金山美国西部探险家俱乐部礼堂的讲述。

美利坚合众国总统秘书

当晚八点，威廉·谢尔曼教授离开了莫里·希尔旅馆，乘坐总统专列前往旧金山。

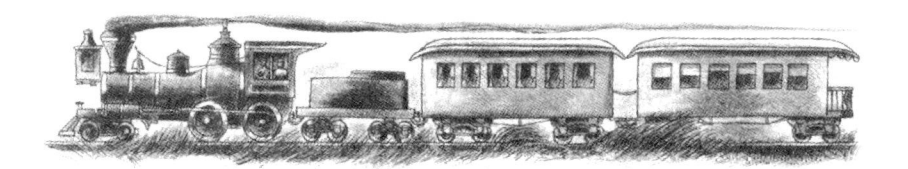

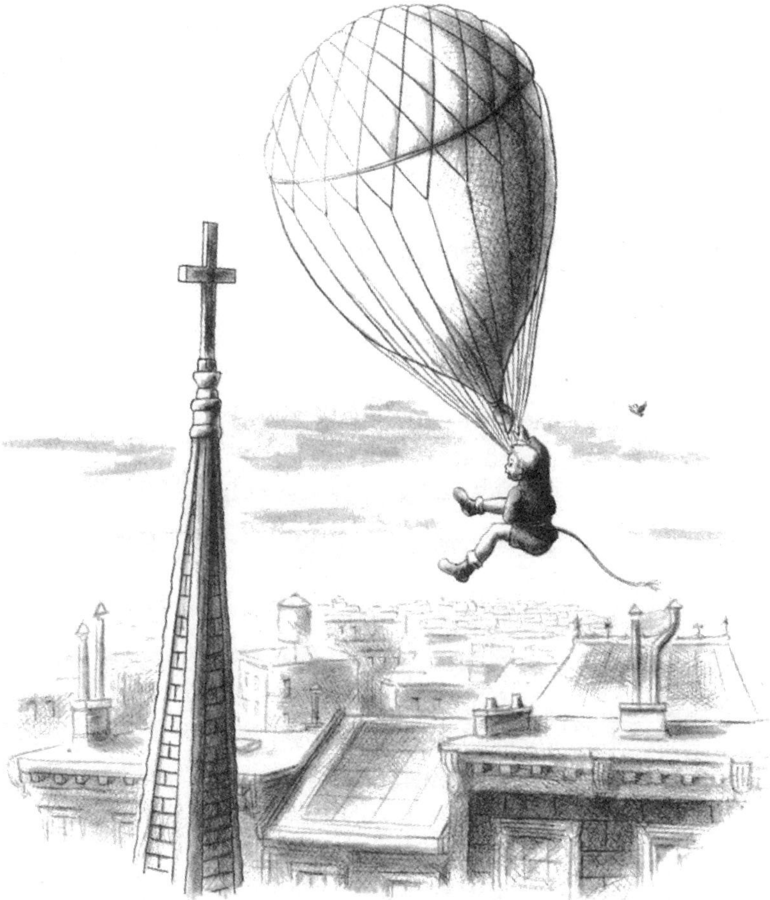

第 二 章
欢迎英雄归来

世界其他地方略微平静了。大家都知道谢尔曼教授乘总统专列横穿美国得整整五天，此前不会再有新消息。然而，此时的旧金山却变得如痴如狂。历史上不乏家乡给予还乡的英雄以热情欢迎的先例，却从来没有一位还乡的英雄让自己的家乡如此备受瞩目。旧金山对此的反应是，要让谢尔曼教授领受到他所能想到的无比盛情。谢尔曼教授是一位气球驾驶者，旧金山此时就为气球而狂了。火车站几乎让一串串小旗、一面面大彩旗和微型气球给淹没了。从车站到美国西部探险家俱乐部的大道两旁，耸立着象征凯旋的科林斯柱[1]，柱顶飘着一对颜色鲜艳的微型气球。女士们

---

[1] 古希腊柱式之一，精美、华丽、纤巧。——译者注

中间重新兴起了 100 年前在法国风行一时的气球时装。胖胖的女士不再节食。人人都在谈论着这种"追圆潮"。

气球成就了各家商店的装饰布局。比如,在一家水果蔬菜商店,白兰瓜下用一根根线吊了一盒草莓,做成了升空气球的样子,从天花板上垂了下来。旁边是摆弄得像飞船

的西瓜，还有像飞艇的西葫芦。

旧金山市长下令，由市政府出资，用1 000个微型气球装饰从车站到俱乐部的大道，以及各座市政建筑。他把这份大订单给了希金斯气球工厂，作为对这家工厂当初为谢尔曼教授制作巨型气球的褒奖。这些微型气球是用丝绸做的，装满了氢气，每个升力为60磅。希金斯工厂全力以赴，日夜加班，仅用两天半的时间就将气球制作出来了。气球做得很漂亮，被涂得五颜六色。尽管这些气球个头要小得多，形状却酷似谢尔曼教授乘坐的气球。第三天中午，它们就挂在各市政建筑和大道上了，的确显得蔚为壮观。

负责悬挂气球的工人们无论走到哪儿，后面总是跟着一大帮好奇的孩子。对于气球，孩子们总有问不完的问题，尤其关心欢迎仪式结束后气球怎么处理。工人们干完活儿后，一个孩子盯着他们沿马路走远了，便爬上邮局屋顶，解下一只气球，兴冲冲地拿到马路上。男孩重约75磅，气球的升力为60磅。男孩那点儿力气还不足以拽着气球随意闲荡，实际上他也仅能听凭身子被气球抻得老高，双手高高举过头顶，翘着脚尖来回走一走而已。后来，他灵机一动，干脆把绳子拴在腰上，就着风势，顺着街跑了起来，然后铆足了劲儿，在空中一跳就是老高。气球把他拽到二楼窗户那么高，让他轻飘飘地飞过了半个街区，非常好玩儿。他又试了一次。这次风大了一点儿，他跳得更高了一点儿——腾空而起，居然有三层楼那么高了，结果飞了整整一个街区。自然喽，这引来了大约二十个孩子追着他在街上跑，孩子们一齐嚷嚷，跃跃欲试地也想跳上几次。他又飞了几个街区，最后胳膊没劲儿了，腰也酸了，得歇一歇了。男孩决定接下来让弟弟过把瘾。弟弟个头小了不少，才58磅重。他抓过气球，让哥哥替他把绳子的一头在腰上束好，然后轻轻一跃，慢悠悠地沿着街区飘了出去。"他比你强。"一个男孩嚷道，"看！有四层楼那么高了，飘到下一个街区了。"幸亏道路尽头有座教堂，要不然这个弟弟跳跃的幅度可真的有点儿太大了。他好不容易把双腿盘在了尖塔顶部，慌不迭地扯下了气球，任其凌空而去，然后两只胳膊拼命搂着塔尖，一动不敢动，哭着喊救命。十分钟后，消防队赶来把小孩救了下来。孩子们决定再也不玩儿这气球腾空的游戏了。

顺便说一下，消防队也忙了整整一夜。通向探险家俱乐部的那条凯旋大道两边挂满了小气球，烟囱冒出的火星总爱往这些小气球上落，引爆气球。实际并没有发生建筑失火的事儿。气球总是啪的一声爆了，马上就无影无踪了，留不下痕迹，也不致失火。但是，爆炸带来的强烈闪光把住在附近的居民吓坏了，人们纷纷向市长投诉。市长下令让整个消防队把车辆全部沿大道停放，彻夜警醒待命。这让住在装饰一新的建筑物附近的人们放心了。渐渐地，一家一家都上了床，最终进入了梦乡。

从某一方面说，市长用气球装饰旧金山各处的计划还引出了一段特别滑稽的插曲。这段插曲在约 200 英里外的地方又引起了相当的轰动。事情起自旧金山。市长命令工匠用气球装饰了美国西部探险家俱乐部的穹顶，就是将十只红白两色的气球，一红一白相间，拴在穹顶底部，再将一只绘有白色星星的蓝气球悬在穹顶顶部。俱乐部的穹顶建筑可是不同凡响，建筑物的图纸中原本是没有穹顶的。穹顶的造型模仿地球的上半部，即以赤道为底，上至北极为顶。顶尖是一根旗杆，飘扬着美国国旗，底部横幅上写着"美国西部探险家俱乐部"。北美、欧洲的地图，赤道以北的每一个区域，都一一以金蓝两色精心绘制在穹顶上。这一不同凡响的穹顶是木质结构，建筑完工后，给牢牢装在建筑物的顶上了。迄今已经 23 年有余。人们当年把它加盖上去的时候，是满怀敬畏和庄严的。它象征着俱乐部的万丈雄心：组织第一支探险队，将美国国旗插在迄今无

二十一只气球

人涉足的北极。

环绕穹顶底部的 10 只小气球能产生共计 600 磅的升力。拴在顶部的大气球升力则为 300 磅。这样总共就有了 900 磅的向上的升力。穹顶不过重 400 磅多一点。一开始倒还没有什么异常。但是夜里,风轻轻地吹着,气球前后摇晃着,穹顶像一颗牙齿,渐渐有些松动了。随着夜越来越深,穹顶松动得越来越厉害了。凌晨 1 时 29 分,泥灰、长钉、铆钉哗的一声,一股脑全散落下来,气球从探险家俱乐部的基座上飘然升起,飞越城市,向东而去。穹顶冉冉上升,安然地飞越一座座山顶,风风光光地飞了四个半小时,最后悄无声息、风度翩翩地落地了——落在一片风景祥和的印第安保留地[1]上。保留地坐落在两座大山间的一个温馨的山谷里。

拂晓,晨曦照亮了山谷,印第安人都起来了。人们走出自己的帐篷,拍打着胸脯,深吸几口新鲜空气。咦,这是什么东西?就在保留地中央的一排排帐篷中间,似乎有一颗小行星陷在地里了,四周还有一圈儿更小的行星。

你想印第安人会作何反应?

---

[1] 保留地是美国人对印第安人驱逐的最后地区。在保留地上,印第安人得以实行内部自治,保留自己的风俗和生活方式。——译者注

会吓得退后几步、浑身发抖吗？

没有。

会慌得尖叫吗？

没有。

会叫巫医来吗？

没有。他们用欣赏的眼光打量着穹顶。然后，一个人说："嘿！这些傻瓜白人！怎么在旧金山探险家俱乐部上绑这么多气球？！拿斧头来！就在这地图上，美国这儿，在纽约和旧金山之间砍出一个门，为头人造栋漂亮的新房子。"

市长把制作微型气球的合同给了希金斯气球工厂，等于奖励了谢尔曼教授偏爱的公司。这是个好主意。但是希金斯在旧金山的竞争对手——托姆斯航空制作室——却对市长的这一决定颇不以为然。此时，旧金山正沉浸在气球热当中，他们觉得自己坐了冷板凳，怪可怜的。"必须得做点儿什么，必须在气球上好好做做文章！"公司董事长约瑟夫·托姆斯下决心说。他立即召开了董事会。董事们绞尽脑汁，不知挠了多少次头皮、出了多少荒唐主意，但这毕竟太仓促了，全都不能让人满意。有人建议翻一下专利卷宗，找找有没有先前弃置不用的发明。鉴于形势紧迫，这主意似乎不错。他们翻遍了全部涉及气球的奇思妙想后，在标有"设想（供考虑）"的卷宗内的一个袋子里，发现了一条建议。这条建议引用了本杰明·富兰克林去世前一年——1789年——说的一句话。他当时病重，已经经不起一点儿旅途的颠簸震动了。富兰克林说："我希望能从法国带回一只气球，大到足以抬我升离地面，对于生病的我来说，这是最舒适的马车，地面上有一个人牵着绳子走就成。"

"就是它了！"约瑟夫·托姆斯抑制不住兴奋，"谢尔曼教授有病，我们要为他造一辆气球马车，带着他舒舒服服地从车站到探险家俱乐部去。"两位董事一致认为这是个绝妙的好主意。

"但是那样不够优雅，也算不上气派。"一名董事质疑，"另外，马车里如果没有市长的座位，他也不会答应的。"

"市长可以充当在地上步行的牵线人嘛。"托姆斯航空制作室的董事长约瑟夫·托姆斯这样说。

"我真的觉得，"另一位董事依然觉得不妥，"在一场气球唱主角的庆典中，如果我们想亮相，就得比人出彩。我也只不过是想到哪儿说到哪儿，"他说起来好像有些迟疑，"你们觉得这样好不好，我们搞一张皮质长沙发，宽大一些，座位深一些，得让教授和市长都坐得下，然后借用两只3号B型气球让沙发升离地面。我们给这张舒适的浮动沙发套上三匹马，一字排开，让一个身穿气球驾驶者制服的驭手骑第一匹，引导气球马车沿大道前往探险家俱乐部。"

"就这么办！"约瑟夫·托姆斯再次高叫起来，"真是好主意，这马上就可以办到。气球我们有现货，我办公室的长沙发就很好。"他接着就吩咐一个董事去雇马，务必把马套结实了，别让沙发歪歪斜斜的，然后又吩咐另一个董事负责将两只3号B型气球灌足氢气，涂刷上"了不起，谢

托姆斯气球马车

尔曼教授！"这几个大字。"这件气球马车杰作，"约瑟夫·托姆斯吩咐道，"下午4点前必须做好，届时我将同发明气球的董事一起坐着前往市政厅向市长展示。好自为之吧！先生们！"

会议就这么结束了。

就在托姆斯航空制作室里群情激昂、干得热火朝天之时，旧金山其他地方却开始冷静下来。这一天是9月22日，距谢尔曼教授的到来还有一天。旧金山一切准备就绪。各种装潢都已经布置得妥妥帖帖；探险家俱乐部的穹顶神秘地没了踪影；消防队严阵以待，准备开始第二个不眠之夜，确保大道两侧的房屋免遭那些随时可能爆破的气球的伤害。人们有些烦躁不安了,最初的热情开始减退,大家开始怀疑,为谢尔曼教授付出的这番忙乱和激情是否值得。他们只知道,除了旧金山,不管到哪儿讲述自己的经历,他都是不答应的。仅凭这一点就足以让全世界倍感好奇。但仅凭这么一点,就足以让谢尔曼教授成为英雄啦?于是,人们开始失去兴致。有些人甚至认定,当教授驱车前往俱乐部的时候,犯不上为了看他一眼而去挤大道两边的人山人海。后来,一位年轻人出来为教授鸣不平了。他刚读了一本传奇式的游记,主人公是几个勇敢的探险家。这场探险引起了强烈的轰动,一位久负盛名的作家还就此写了一本书,叫《八十天环游地球》。小伙子开始研究谢尔曼教授的旅行。他是8月15日下午3点离开旧金山的,后来在大西洋连同20个气球一同被捞起。就是说,他当时肯定已经飞越了整个亚洲和欧洲大部分,之后才被一艘货轮救起送往纽约的。此刻他正乘坐总统专列,被急匆匆地从纽约送往出发地旧金山。"如果他3点钟准时到达旧金山站,"小伙子估算,"那就算40天环游地球了,也就是说,把旧的纪录缩短了整整一半。"大家都承认他说得有理,整个旧金山又重新燃起了对教授的热情。不管他还有什么秘密留待对旧金山诉说，一个不争的事实却是：当美国西部俱乐部的威廉·沃特曼·谢尔曼教授于次日到达时，80天环游地球这一保持已久的纪录，将无可争辩地被他打破。

4点钟，在托姆斯气球制作室，"气球马车"已告完工，约瑟夫·托姆斯和那位善于创新的董事爬上了皮沙发。托姆斯打发了一个信使去先行报告市长，请他站在市政厅阳台上，等着这辆有排场且异常舒适的马车闪亮登场。约瑟夫·托姆斯吩咐驭手起驾。"我们走啦！"他喊道，说完就紧张兮兮地往靠背上一靠。这项发明运作起来简直宛如梦幻，通常乘马车时的那种颠簸消失得无影无踪。约瑟夫·托姆斯和董事兴奋得直拍对方的肩膀。"这种车我们可以销售一百万辆。"约瑟夫·托姆斯的口气志得意满。快到市政厅时，约瑟夫·托姆斯和董事往沙发上一仰，跷起了二郎腿。为了显示自己的轻松惬意，约瑟夫·托姆斯干脆点了一支雪茄。这可酿成了大错。气球马车飘飘忽忽地来到市政厅前的时候，约瑟夫·托姆斯的雪茄飞出的一颗火星不巧点着了一只气球。随之而来的是一声震耳的爆炸和一阵炫目的闪光。约瑟夫·托姆斯和董事俩人的屁股重重地摔在了地上，接着又一个后滚翻到了马路沿。

"拜托，先生们！"市长勃然大怒，"这么一个日子，我

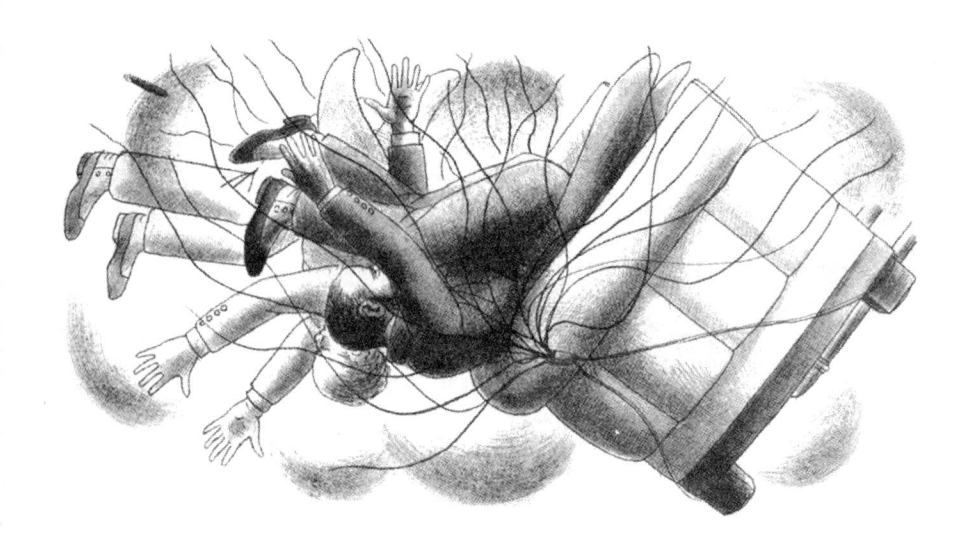

可浪费不起时间看杂技表演。"

约瑟夫·托姆斯和董事别提有多窝囊了,两人走着回了气球厂。而那三匹马受到爆炸的惊吓,背上驮着驭手,身后拖着沙发,沿着城市的大街小巷,一溜烟狂奔了三英里才停下。

所幸再没发生让教授的欢迎庆典煞风景的事儿。第二天早晨,原有的 1 000 个微型气球还剩 929 个。凯旋大道两边早已人山人海。市长对官方的欢迎委员会下达了最后指示,要求大家一律戴圆顶礼帽,而不是平时的绸帽;打圆点花纹的领带,而不是平时的灰真丝领带。"这,"市长解释说,"是为了和气球这一主题相呼应。"

9月23日下午2点56分,总统专列在远处露面了。旧金山的欢迎人群中爆发出震耳欲聋的欢呼声。

欢迎回家

谢尔曼教授

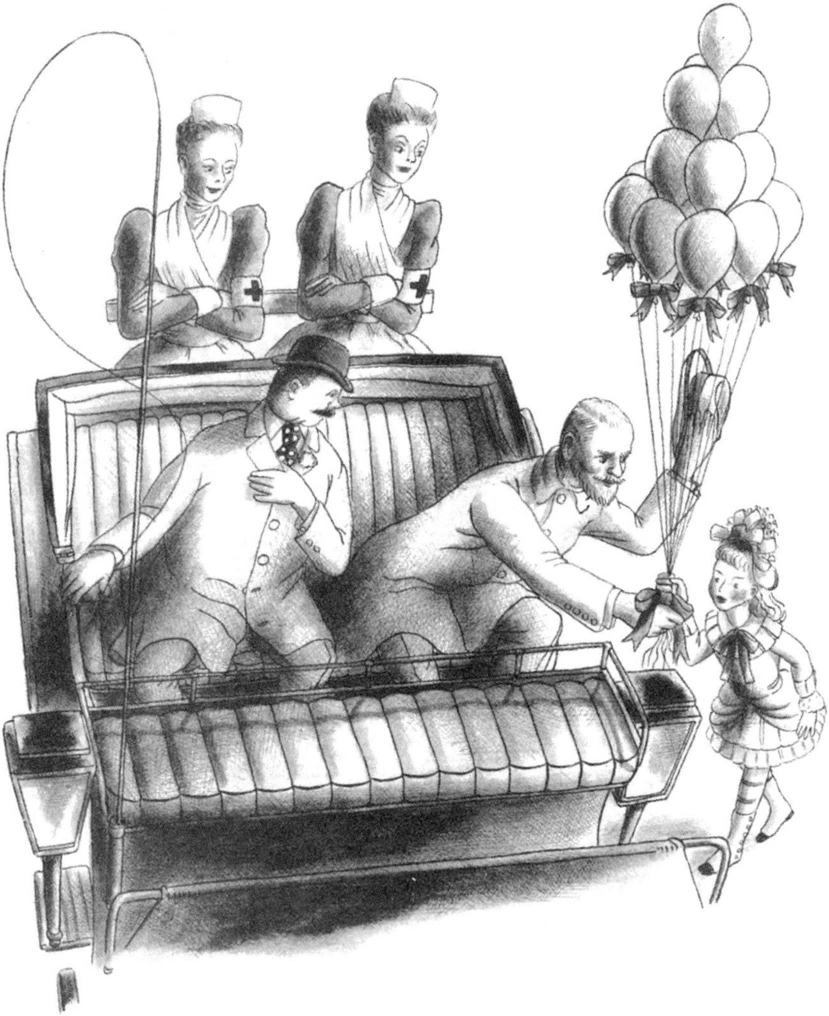

第 三 章
描述一下"环球"号

  对旧金山人的热烈欢迎,总统专列的汽笛发出一声刺耳的长鸣,接着缓缓驶入车站,终于慢吞吞地停了下来。它也像那些横穿全国的火车一样,鞍马劳顿之余,难免气喘吁吁,喷出一团团蒸汽。站台上有警察局派出的 100 名警员清场。这些警员手挽手组成人链,挡住了慕名而至的人流。总统专列为求速度快,挂载自然比平时要少,只有火车头、煤车、餐车和总统专用车厢,专用车厢后部是人们熟悉的、兼具瞭望和演说功能的平台。市长让准备请谢尔曼教授乘坐前往美国西部探险家俱乐部的马车停在总统专用车厢的对面,只见他戴着白手套的手击了两下掌,霎时两名搬运工就抬着一卷红地毯出现了。

地毯卷得像一个卷心蛋糕。市长再度击掌,红地毯便在月台上徐徐展开,从准备供教授乘坐的马车,一直铺到教授所在的车厢前面。市长又拍了一次,官方欢迎委员会的诸公便在地毯两侧一字排开,头上一律戴着漂亮的圆礼帽,胸前一色佩戴圆点花纹领带。市长又把手伸进背心口袋,掏出一只小小的银哨子,鼓起腮帮子吹了一声,然后把哨子放回口袋,沿红地毯步入了总统专列。旧金山总医院的首席医官紧随其后。刚才那声哨音显然是提示,让消防队和警察局联合乐队开始奏乐。因为哨音刚落,美妙的乐曲便应声而起。谢尔曼教授看起来瘦削而憔悴,一边由市长、一边由首席医官搀着走下列车,来到铺着红地毯的月台上。乐队奏的是由三首足以应景的歌曲凑成的组合曲。音乐声与人群发出的震耳的欢呼声交织在一起。三首歌为市长亲选:《我走路总愿同比利一起》《男孩比利》[1]和《进军佐治亚》[2]。事后,好多人觉得,最后一首歌与威廉·谢尔曼教授几乎没什么关系,

---

[1] 威廉(William)这个名字源于古日耳曼语,在英语中有不同的变体,其中就有比利(Billy)。旧金山市市长选择了两首名字中含有"比利"的歌,意在向威廉·谢尔曼教授致敬。——编者注

[2]《进军佐治亚》为美国南北战争军歌,歌颂的是美国南北战争时期联邦军队名将谢尔曼将军为维护国家统一立下的赫赫战功。此谢尔曼非彼谢尔曼。——译者注

硬扯到一块儿有些牵强附会了。

谢尔曼教授被搀扶到马车后座上。市长爬上马车,坐在他旁边。首席医官的身份这时变得有些像官方侍者了,他挨着车夫坐下。而坐在后面凸起的座位上、照料教授的不是男仆,而是两名训练有素的护士。马车在雷鸣般的欢呼声和漫天飞舞的彩色纸屑中,从车站出发,沿着凯旋大

the Twenty-One Balloons

道前往探险家俱乐部。马车在俱乐部前刚一停下,一个长相甜美、干净利落的小姑娘——圣凯瑟琳弃儿院的一位孤儿——身着浆得硬挺的连衣裙,快步跑到教授面前,彬彬有礼地致了屈膝礼,献上一束玩具气球。教授接过气球,感谢了小姑娘,在一片啧啧感叹声中,又在小姑娘的两颊上各亲了一下。接着教授被扶下马车,又被扶上俱乐部前的台阶,步入将座无虚席的礼堂一分为二的中间走道,登上了讲台。台上有一张新铺好的床在等着他了。教授坐在床上,首席医官殷勤地为他脱鞋。待他双脚跃上床时,医官又连忙在他的膝头搭了一条羽绒被。接着,威廉·沃特曼·谢尔曼教授面朝听众,背靠着床上的一只垫枕和四只大枕头,准备讲述自己的故事了。

"女士们,先生们,我有幸为大家引见谢尔曼教授。"市长声音朗朗。

"市长先生,各位探险家同仁,女士们,先生们!"谢尔曼教授开口了,礼堂里顿时变得鸦雀无声。偶尔听到有人为了调整坐姿触动椅子发出轻微的咯吱声,但很快就静下来了。"我很高兴又回家了!"

话音刚落,观众爆发出的欢呼声像要掀翻了屋顶,喧腾持续了4分钟之久,人群才静下来。

"我没有离开多久,但的确想念……"

这话让观众猛然意识到,教授将环绕地球的最快纪录砍掉了 40 天,不禁又迸发出一阵如雷的掌声。这次喧腾持续了 5 分钟。教授有些无奈地看了市长一眼,市长马上就明白了教授的心思。他面向听众,示意大家安静,说道:"女士们,先生们,谢尔曼教授要给我们讲的故事很长,肯定也很有趣。可他还没讲上 20 个字,你们的掌声就已经打断了他 10 分钟。教授不是要竞选总统,只是要向一个科学俱乐部报告一次科学探险。所以,从现在开始,在教授讲完故事之前,请不要再鼓掌了。这样既是尊重他的讲述,也是体谅他的身体。谢谢大家了!"

人们对此作出的反应是绝对的安静。谢尔曼教授面朝市长,点头致谢,又开始讲述了:

有趣的是,我的旅行以如此迅速地环绕地球一周而结束。此刻,我发现自己被称为史上跑得最快的旅行家之一。可出发时,我内心根本没有在意速度。相反,如果一切当如所愿,我现在还会优哉游哉地坐在气球里,遨游四方,任风所挟,随处飘荡——管他东西南北。但由于命运的捉弄,居然让风刮着我,以惊人的速度,环绕了整个地球的四分之三,唯有一次在太平洋、另一次在大西洋溅落,才使我得空休整。我想做这次旅行的另一原因是,想乘着气球独处一处,远离尘嚣。但就连这一点也未能如愿。行程还不到一半,我就不得不和80个外人——有男,有女,也有孩子——同乘一种新发明的气球了。

多年来,我就盼着这次旅行。大家知道,我做了40年数学教师。让一屋子健健康康却满腹坏水的孩子包围了整整40年!挨了40年的唾沫球,忍了40年的胶粘座位,墨水瓶里被偷撒上肝病泻盐!还有种种其他恶作剧。早在第36个年头,我就渴望能独自清净一下了,于是私下里盘算了许多方法聊以自娱:像乘小船外出啦,极地探险啦。我之所以加入这个探险家俱乐部,是因为在我看来,不管怎么说,探险家的雄心就是前往别人未曾涉足的地方。一天,我突然想到,乘坐气球便可以飘离于人群之外。这就是我此行背后的主要动机:前往一个也许一整年都无人打扰的所在,远离教书生涯中所有的烦心事儿,譬如刻板的日程,等等。再也用不着一个礼拜又一个礼拜,一分不差地出现在各间教室里了。

我在业余时间设计、制作气球。其他气球爱好者做过的实验成了我的向导。我想把气球做得大大的,能让我在空中待上一年,或者至少几个月。气球大了也是个问题,除非设计精到,否则充气后会被风撕成碎片。一旦升到空中,气球对风的阻力就很小了,也就不需要担心风了。但如果拴在地面上,内里又充满氢气,气球就得听由风的摆布了。我模仿了伟大的法国气球设计师吉法尔[1]的设计,他制作的系留气球钉子号是有史以来最大的,间隔使用了七层橡胶和丝绸。我设计了自己的气球,命名为"环球"号,间隔使用了四层橡胶和丝绸。我的气球体积有 6 000 立方码[2],为标准气球的 10 倍。"环球"号是有史以来最大的自由气球之一。

我把气球造得很大有两个原因。首先,我已经说过,我想在空中长时间逗留。第二个原因是,我想有个可以住的吊篮,这就需要一个很大的气球提起这个让我称心的吊篮。你们都知道,标准气球的吊篮空间狭小,只站得下两个人,或者说只坐得下一个人,根本不能用来睡觉,也没有存放物品的地方。所以在标准气球吊篮内,哪怕生活的时间再短都不可能,这一点用不着多说。我参考了另一位叫奈达的法国气球设计师的作品。奈达为自己建造了名为巨人号

---

[1] 吉法尔是世界第一艘蒸汽动力飞艇(1852)的发明者。——译者注
[2] 码:英美制长度单位,1 码约等于 0.9144 米。——编者注

的大气球，还悬有一栋真正的小型吊篮屋，上面有一扇门、几扇窗，还有楼梯通往不大的屋顶。屋顶有一圈儿编织的围栏，围栏内有柳条家具，是一个理想的瞭望台。屋子里布置得得体而舒适。这是一个提篮编织匠的杰作，轻便、结实、舒服。我为自己设计的吊篮屋格局也大致相同，只是做了几处改动，没把这间编织屋的顶部作瞭望台，而当成了露天阁楼，用以储放食物。如果需要瞭望的话，房子四周是一圈儿小小的游廊，上有竹质立柱和护栏。这游廊就像船上的甲板一样。

和我的气球不一样，奈达造的气球不是为了出远门，是为了在空中停留几个月的。因此，他不需要太担心压舱物的问题。乘气球做一次普通旅行是件简单的事情。气球在灌气的过程中，得用几根绳子向下固定住。气灌满以后，你吩咐砍断绳子起飞就是了。气球会瞬间蹿起，将你送上高空。升多高则取决于气球中氢气有多少，以及你所携重量的大小。想下降，就拉动一根绳索，把袋子里的气放一放；想爬高，就必须把一些东西扔出篮外，让球身变轻。奈达带了几袋沙子，爬高时就扔出篮外。沙子是气球驾驶者常用的压舱物。我是用不起沙子压舱的。为了能长时间待在空中，生活得舒服，所带的每盎

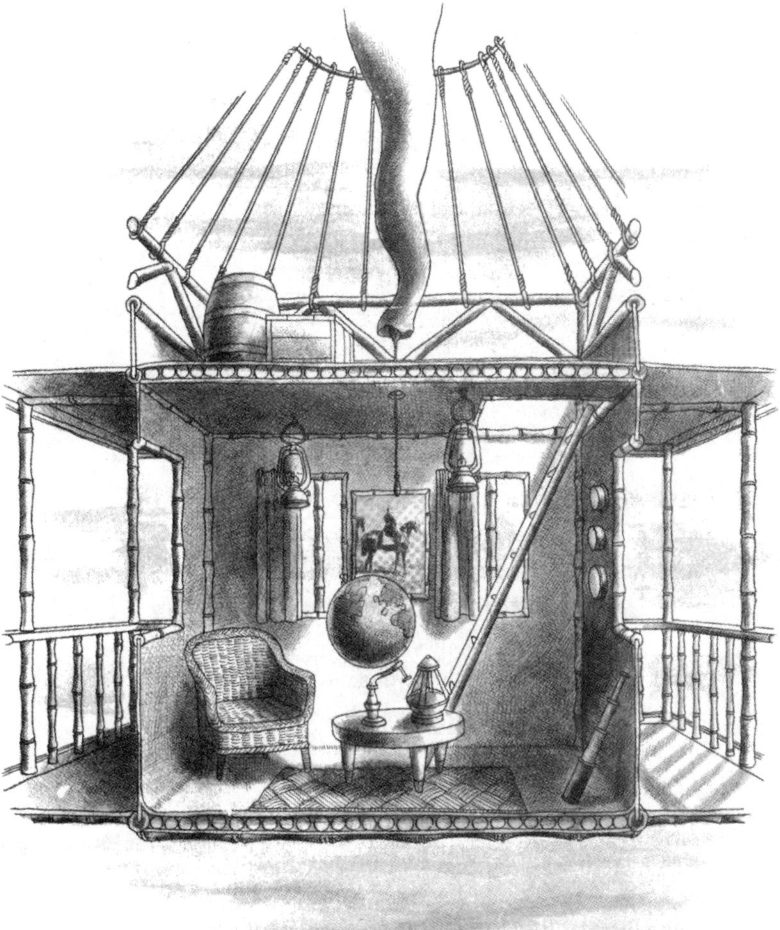

司[1]东西都得实用才行。我用吃的东西压舱。我想，对长途旅行来说，这是最理想的。用食物压舱的话，每次把一桶食物垃圾扔到篮外，我都会升高一点。与一袋袋百无一用的沙子相比，我可以多带上些吃的，这样出行的时间可以长一些。

气球屋内配置的一切都要做到最轻。普通床垫太重了，而且不管怎么说，只有到了晚上才有用。我设计的垫子用的材料和气球是一样的，也充了气，铺上床单，放在地上，极为柔软舒适。床单收起后，床垫就会飘升到天花板上。白天紧贴在天花板上不会碍事的。我还用轻质木材和竹子做了一张桌子和几把椅子、一批封面封底全用纸装订的藏书——都是小号字体印刷的。吃的、喝的东西都是本着减重的原则精心挑选的。此外，我还带了一支结实的鲨鱼钓竿，希望能钓点儿鱼增加食物补给。

---

[1] 1 盎司约合 28.35 克。——编者注

二十一只气球

近来有些筹划越洋飞行的气球设计家，比如美国的约翰·怀斯[1]和T.C.洛[2]，他们在气球上加装了救生筏，以备海上遇难之用。我可承受不起这额外的重量。我让裁缝用做气球的布料为自己缝制了两套防水服，还带了一只软木救生圈。如果落在海上，我想这种服装不致让我湿了身子，救生圈会让我浮在水面上。这两套衣服很棒，既防水又不透气，还非常暖和。我打算穿一套洗一套，就用我那鲨鱼钓竿挑着，浸在海里冲洗——我所有的衣服都是这么洗的。其他衣服全部用的是男性便装中最轻的衣料。

希金斯工厂花了一年的时间为我把气球造好了。我必须承认，他们活儿干得很漂亮，是今年8月10日完工的。试飞的感觉棒极了，我觉得这就足够了。这是一次短途飞行，一切都堪称完美。唯一一个小失误就是，降落的速度有点儿过快，把编织屋里的一个碟子和一面镜子摔碎了。于是，我把原有的盘子全换成银的，用一只银茶杯代替玻璃杯。盘子和杯子都是带手柄的，这样可以绑在鱼竿上，浸到海

---

[1] 约翰·怀斯是19世纪美国知名气球设计师兼飞行家，一生乘气球升空400余次。为着陆时气球变降落伞方法的发明人。曾驾驶"朱庇特"号气球完成了世界首次邮政投递。——译者注

[2] T.C.洛是19世纪美国气球设计师、发明家。美国内战时期受林肯之命组织北军第一支飞艇队，被誉为美国空军鼻祖。曾建世界上最大的气球以备横越太平洋，遂在留空时间、飞行高度和距离上创世界纪录。——译者注

the Twenty-One Balloons

里冲洗。

我花了两天时间，把气球一一配置妥帖，还带了一只淡化海水用的蒸馏器，外加一桶不大不小的奎宁水[1]。

希金斯告知报界，说我有意乘一只大气球做长途旅行。这很可能使我成为第一个飞越太平洋的人。报纸虽然登了这则消息，但仅是在第四版，用了半个专栏的篇幅。当时公众对我的这次旅行根本不感兴趣。我想这是因为希金斯告诉记者，我的气球没有奈达的大。此前公众听说过奈达的巨型气球，当时一定很想一睹为快。但是，我的气球，即便只是略小，在众人眼中也只能屈居第二了。

8月15日下午2时，我飘然飞去之际，在场为我送行的竟然只有四个最亲密的朋友。这把我逗乐了。我对大家说，我得在空中待一年。是的，我当时就是这样打算的。我向大家挥手告别，接着吩咐道："放我起飞吧！"

---

[1] 一种由苏打水、糖、水果提取物以及奎宁调配而成的液体，用以抵抗疟疾等疾病。——编者注

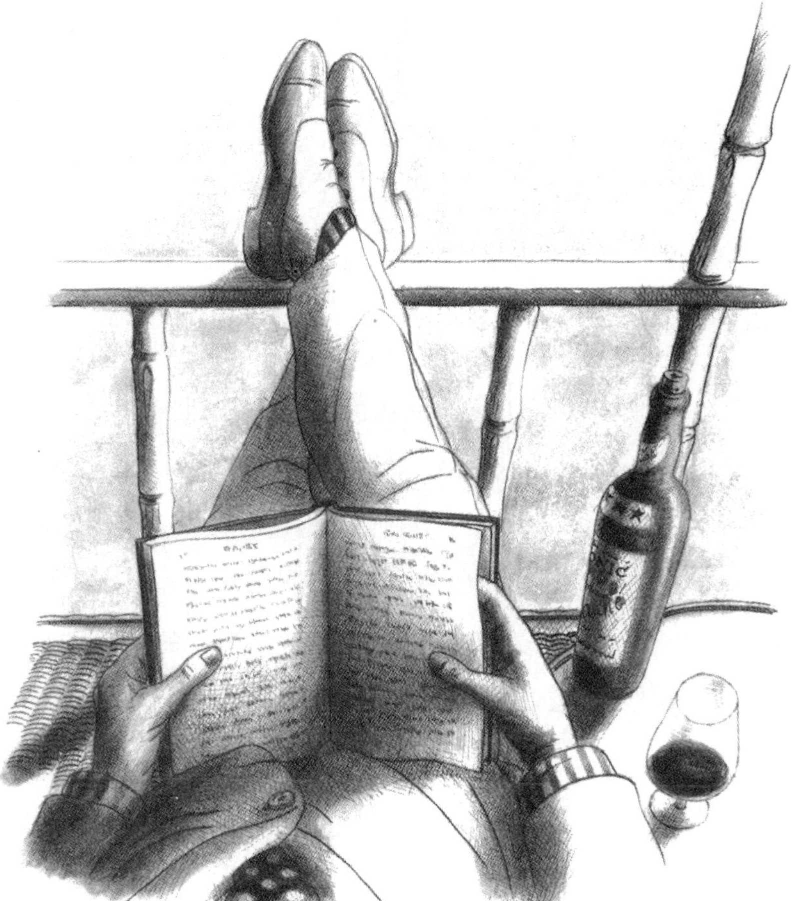

第 四 章
不速之客

放飞后，气球风度翩翩，御风而上，一直升到 1 600 英尺。在此高度上，让一阵疾风挟着，飞越了旧金山上空，俯瞰着太平洋。起飞之前，我躺在吊篮屋地上的充气软垫上，双手一左一右，紧紧攥住嵌入地板的两个扶手，死命顶住气球迅疾升空带来的冲击。第一次颠簸相当剧烈。可是，"环球"号升到巡航高度也不过一两分钟的工夫。这时我那飞行吊篮就非常平稳了，在其中可以走动自如，与平地并无二致。我拼命咽了几口唾沫，清了清耳朵。因为气球迅速上升的时候，耳朵好像被什么东西塞住了。我从垫子上爬起来，把架子上掉下来的书整理好，走到游廊上，最后眺望了旧金山一眼。这是一个风清气朗的下午，应该说，脚下的城市看起来很美。我注意到不少人抬起头来看我。显然，与新闻报道中的照片相比，亲眼看到这巨大的气球和吊篮屋还是会让人激动得多。我甚至注意到，成群的人顺着我飞行的方向沿街奔跑。大家只顾仰头看我了，

不时会在十字路口与人撞个满怀。街上乱作一团，看样子还有人打起来了。这反倒让我觉得挺得意。

不到十分钟，我已经飞临海上，眼看着海岸线渐行渐远，最后消失了。几只海鸥尾随着在太平洋上空翱翔的"环球"号。有的偶尔在游廊周边的扶栏上停一停，把气球稍稍压低了一些；有的就栖在气球的丝质表面上，这可让我有些担心了。我知道布料是特制的，经得住各种各样剧烈的磨损，海鸥是弄不坏的。但是眼睁睁看着这些鸟张着利爪，猛扑下来落在我的大气球上，还是会把我吓个半死。

常听海员说，他们把海鸥看成吉兆，还总把垃圾扔到船外喂海鸥。旅行刚开始，我还没有攒下垃圾。拿宝贵的食物喂鸟，我也耗不起，所以只好冒着背运的风险，让海鸥饿着了。

旅途中，我的气球屋还是很舒服的。每当正午太阳直射下来的时候，游廊上总是有一面可以坐着暖洋洋地晒太阳。我花了不少时间读书，舒服地蜷在椅子上，把脚跷到扶栏上——这真是一种惬意的生活方式。

（规规矩矩地坐着的听众中也有旅行家，此时听到谢尔曼教授的最后一句话，不由得发出一声由衷的叹息。）

我把头三天的垃圾全部积攒起来，存放在最前面，这

样风就可以把味道刮到气球前面了。第四天早上，应当说，臭味儿变得相当难闻了。乘气球飞行时，风当然总是在你后面，而且因为风速比气球快——鉴于这样一个庞然大物穿过空气时无时不在的摩擦，风会把各种味道往前刮。但是到了第四天，垃圾堆的味道已然做大，盘踞不散，我觉得甚至都可以说，我是不停地在自己的臭味儿中穿行——这是最让人难受的处境了。不过，接下来情况就好多了。第四天上午，头顶上聚拢起积雨云。接着，雨落了下来。风夹着雨，抽打着我的柳条屋。整个情况不妙，真该把食品压舱物扔掉了。我一只手捏着鼻子，走到前面，把所有的垃圾从边儿上全倒了下去。"环球"号刹那间一蹿老高,穿过积雨云,重新沐浴在阳光下。我低头注视着积雨云,畅快地吸了几口新鲜空气,觉得自己对自然力的把控真是炉火纯青。

夜间待在我的气球屋里尤其愉快。气球微微颤动着,加上充气床垫又很松软,都在催人安然入梦。刚入夜时,我在游廊上观赏星空,感到一种独处的欢畅。我想应该这么说,在"环球"号上飞越太平洋的几日是一生中最愉快的时光。

出发后的头几天,一切同原先预计的完全一样。洗衣服、刷盘子——都是吊在鱼线的另一端,浸在水中刷洗,效果也还算让人满意。把一套湿衣服拉上来是挺费劲的,但是,拉上来后发现衣服已经几乎全干,总是让我挺高兴的。从这么高的地方钓鱼效果可不好。要想从 1 400 英尺长的鱼线的另一头收线,把鱼拽上来,对我这种水平的钓鱼者来说,要求可就过高了。有好多次,还没等看清钓的是什么鱼,鱼就滑落了。我锻炼的时候就围着房子的游廊走——就是说,用这种方式锻炼腿脚。胳膊光往上拉洗好的衣服和盘子,已经锻炼得够多了。

第五天下午,望见了一只小渔船。这是离开洛杉矶以后,第一次看到人迹。我很快意识到,自己是要从渔船头上飞过去的，就决定先向它发出信号。我懂一点儿摩尔斯电码，于是拿了一面镜子，晃动着发出信息："我是旧金山的谢尔曼教授，一切良好。"小渔船的船员显然都是日本人。他们也缓缓晃动着镜子，回了一条简单的信息：不会说英语。对我来说这正相宜。我只想遁世独处。这是五天中头一次看见人迹，但他们无法接触到我。这样再好不过了。

第六天也很完美：平安无事。攒的垃圾又一次让我感到了它的存在，但气味还不是太难闻。

第七天，女士们，先生们，却是大难临头了哇！

只要还活着，我就永远不会忘记本人这次航程中的第七天。那天好像什么事儿都不顺利，我在气球上逍遥一年的梦想被击得粉碎。在这大难临头的日子，一早，我先是注意到远处地平线上出现了一个小黑点——不会是别的，只能是陆地了。第七天就看到陆地——原来，我是风驰电掣般地直接飞越了整个太平洋！我原本希望，风会先将我吹向一个方向，再吹向另一个方向。这样至少一个月之内是不会见到陆地的踪影的——不管是大洋里亚洲一边的陆地，还是身后美洲一边的陆地。但是，此刻在我的前方，远远地出现了一个小黑点，小黑点慢慢化成了一座小型火山岛的模样。岛上大部分是山，一柱浓浓的黑烟从岛上慢慢升起，浸染着蓝天。

接着,好像不知从哪儿飞来一群海鸥,与送我出旧金山的那群鸟儿一模一样,它们此刻代表那座我根本不想涉足的小岛,组成了一个欢迎委员会。

一看到海鸥,我立刻抓起垃圾扔到吊篮外,觉得这是个好办法。一来引开了海鸥,二来还可以飞得高高的,升到飞越小岛绰绰有余的高度。这岛看着就不讨人喜欢,所以离得越远越好。但是事与愿违,海鸥们贪婪地扑到水中,争抢我倒掉的那点儿吃的,其中一只抢到了我吃了大半个星期还没吃完的一只熏火鸡,然后叼着直落在气球顶上,有滋有味地大吞大咽起来。别的海鸥纷纷扑到水中,把残

羹剩饭哄抢一空后,又飞回到我站的地方。看见伙伴正在气球顶上美美地独享冷火鸡,鸥群中立即爆发出一阵叽叽呱呱声,如交响乐一般响亮。一场火鸡争夺大战开场了。这我可就束手无策了,只能围着游廊焦急地踱来踱去,祈祷气球平安无事。我俯在栏杆上仰头张望,看到一只孤零零的海鸥,在"环球"号上空缓缓地盘桓,向下探着脑袋,眼神怪吓人的。这让人想起了死死盯着猎物的鹰,真是太

the Twenty-One Balloons

恐怖了。我也忘了带一支枪来。那只海鸥绕着气球不紧不慢地盘旋了一圈儿,便猛扑了下来。它是瞄着那吃剩的火鸡直扑而去的。至于是否得手,我永远不得而知了。气球顶上,声音嘈杂,乱成一团,海鸥们大打出手。不一会儿,它们好像又全都飞走了——接下来听到的声音让人心惊肉跳:是一只海鸥拼命拍打翅膀的声音,还有因呼吸困难而发出的咕咕声,因为丝质气囊内的空气很稀薄。

这次旅行原本定了一年。可在第七天,我的遭遇却是气球上破了一个海鸥般大小的洞。

这对我的打击别提有多沉重了。我是够不到那个洞的,所以没法儿修补。"环球"号已经开始下落了,我现在只剩一种选择:在岛上降落。我马上就察觉到,以目前的降落速度,远等不到飞临海岛上空,我就得溅落到海面上。于是我开始疯了似的往篮外抛东西,以减轻吊篮的重量,争取在海上多飞一会儿是一会儿。因为不知道要去的这是个什么岛,所以我决定把吃的都留下,万一落地后还要在岛上生活呢。我把椅子、桌子、书、蒸馏器、水桶、盘子、垃圾箱、杯子、碟子、图表、地球仪、外衣架、衣服——凡是不能吃的东西全部扔掉。接下来是钟表、剪刀、毛巾、梳子、刷子、肥皂,抓到什么扔什么,朝着门外、游廊外、

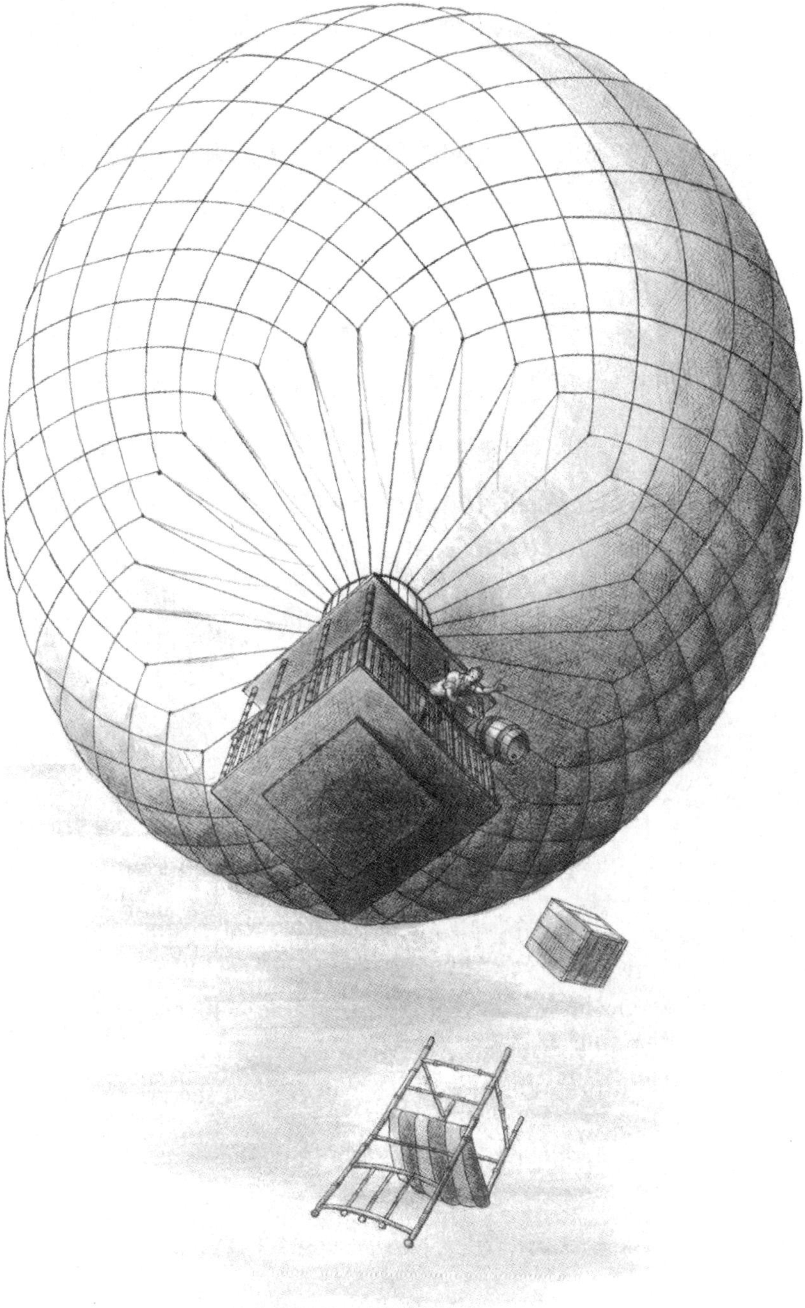

窗户外一阵狂扔,以最快的速度把凡是能压重的东西全都抛掉。如果想在岛上降落的话,"环球"号下降的速度还是太快。不行!吃的也得扔。罐头重,所以一开始就全扔,结果还是不行。然后我又扔了水果、蔬菜、熏肉——屋子里的东西全扔光了!我慌里慌张地看了一下屋外,气球离水面只剩几百英尺了,可是距小岛还一里多远呢。接着,我又发现了更糟糕的情况,感到胆战心惊。一群鲨鱼在下面的海上紧跟

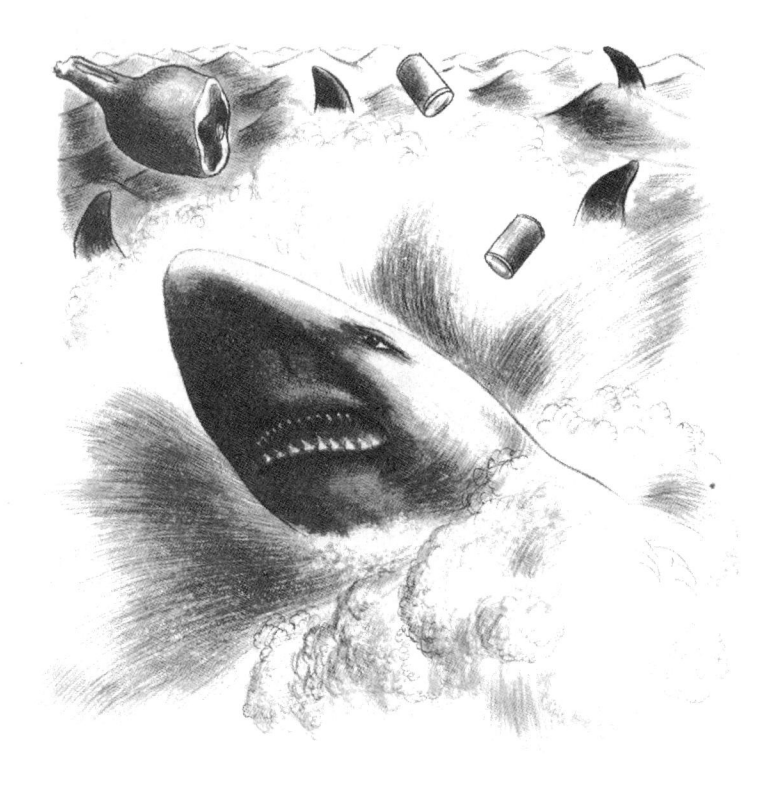

着我，扔掉的食物一触到水面，一眨眼就被它们吞得一干二净。也就是说，我要么登岛，要么喂鲨鱼。我绝望了。

屋子里可再没东西扔了。我掏空了口袋，只为自己留了一把折叠刀。这之后，我又把身上的衣服全扒下来扔了，只留右脚穿的一只鞋。我围着游廊走了一圈儿，双手死死抓紧窗框，抬起右脚，死命向后一踹，把扶栏和立柱踹下大海。这时，气球距小岛还有半英里远呢。只有一件事可做了——我爬上吊篮屋的屋顶，把梯子拉上来，扔到了海里；接着，挥刀把连接屋子和气球的四根绳子统统割断——原本是一根绳子拴着一个屋角的，又把四根断绳结结实实

地捆在一起,把左胳膊勾上去,右手挥刀把吊住屋子的其他几根绳子全部割断。吊篮屋坠了下去,溅落在鲨鱼群中。此时,"环球"号略微向上蹿了一下。我一把扔掉刀子,蹬掉了右脚上的鞋,开始祷告。

过了一两分钟,我感觉脚触到了水面,于是紧闭双目,唯恐看到周围有鲨鱼。但是我觉得脚趾只触到了水面一两次,便身不由己,被拖着拽着划过了岛上的沙滩。"环球"号的气囊干瘪了,搭在了一棵高大的棕榈树上。

我筋疲力尽。沙滩滚烫,但我身子太虚,没有劲儿从阳光下爬到阴凉处了,后来一定是在沙滩上睡着了。

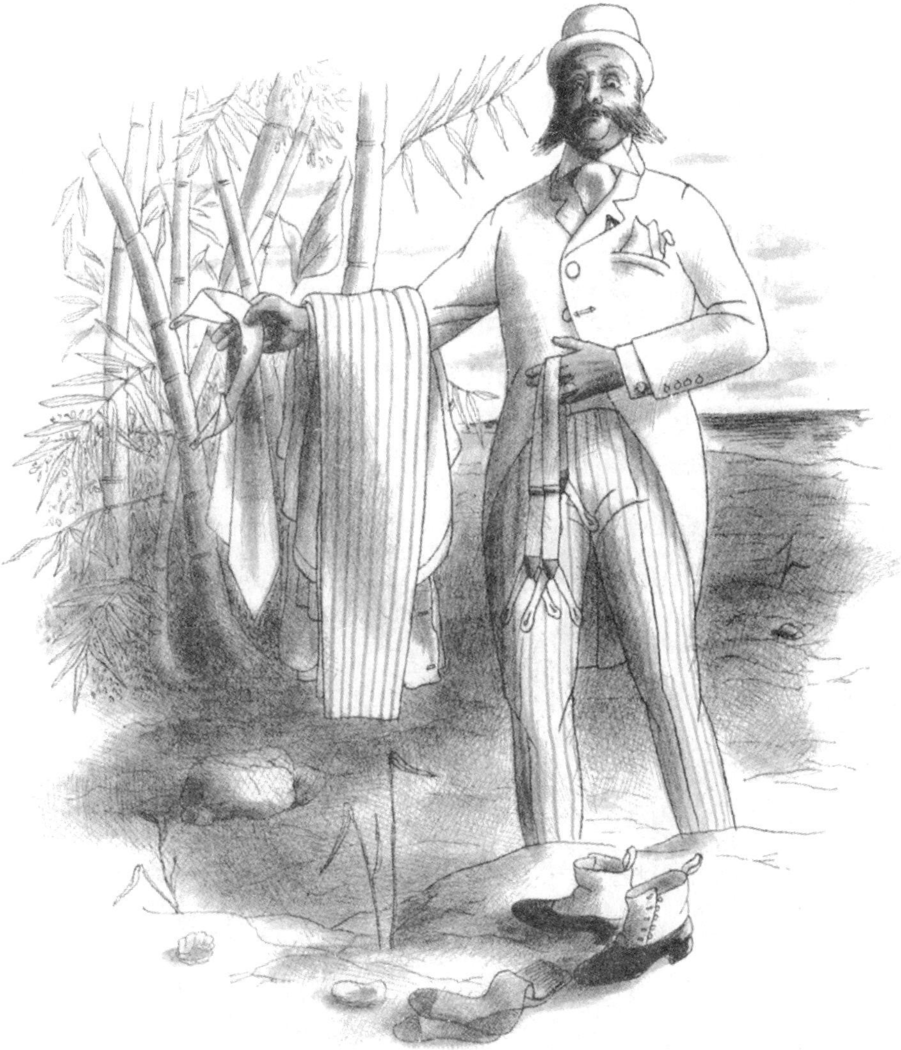

第 五 章
喀拉喀托岛的新公民

我一定睡了有四五个小时的样子，被人轻轻摇醒了。我睁开眼，看到全身被太阳晒，被沙滩烫，已经一片通红。抬头一看，发现眼前跪着一个人，一边摇着我的肩膀，一边用地道的英语说："醒醒，伙计，你得穿上衣服，离开这太阳地儿。醒醒，快醒醒！"我觉得，这是梦中的胡话吧？在这小小的太平洋火山岛上，居然有人说英语，真是不可思议！我不由得又闭上了眼睛。可一合上眼，还是觉得有人在摇我的肩膀，同一个声音还在大声催促："醒醒，快醒醒，你得挪到阴凉地儿去！"

我摇了一下头，再次睁开眼。原来还真有个人跪在我面前。我坐了起来，他也随着站了起来，递给我几件衣服。

他的穿着可不一般。此人并非土著，也不像探险者或旅行家，而像一个穿着过于考究的贵族，或者一个来错了地方的花花公子——在这一片荒凉的火山岛上迷了路。他身穿一套白色晨礼服，做工无懈可击——你们不妨想一想那礼服的样子，腿上是细条纹裤子，胸前打着宽大的白色真丝领带，头戴一顶圆顶高帽。他催我穿上的这套衣服跟他身上的那套一模一样，只是尺码合我的身材而已。

"我这是死了吗？"我目瞪口呆，"是在天上吧？"

"不，好伙计。"他微笑着回答，"这不是天上，是太平洋上的喀拉喀托岛。"

（"喀拉喀托"这几个字刚从谢尔曼教授口中说出，听众中便起了一阵骚动。就在最近，新闻报道说，在有史以来最剧烈的火山爆发中，喀拉喀托岛的一半已经飞上天了。）

"但是我一直觉得喀拉喀托岛上没有人居住呀。我忍着痛，边穿白礼服先生递给我的衣服，边对他说，'一直听说因为火山，岛上无法生活。'"

"这儿就是喀拉喀托，没错儿。"他很肯定地说，"我们这些住在这儿的人很高兴，世界其他地方的人仍然认定喀拉喀托岛不宜居住。快点儿把衣服穿好吧。"

我已经把这位先生递给我的细条纹裤子和衬衫穿好了。

衬衫袖口浆洗得硬挺，还有浆过的白色前襟和可拆卸的翼领呢。我嫌翼领麻烦，就没戴，直接挽起了袖子。"走吧，你带路。"我催促道。

"慢着，慢着。"喀拉喀托岛绅士拦住我，说，"你不能这样去作客呀。在旧金山、纽约、伦敦或者巴黎，去拜访体面人物，你也会这样吗？把裤腿放下来，戴上这领子，穿好背心和外套。"他态度温和，面带笑容，表明自己全无恶意，只不过想让我入乡随俗，遵从喀拉喀托岛的做派和礼仪而已。"我承认，"他接着说，"在太平洋的其他岛上，人们觉得不刮脸、不理发、有什么就穿什么、穿破帆布裤子和没有浆洗的衬衫很正常。但是在这儿，我们喜欢一种更为优雅的生活方式。你，先生，"他说，"是我们这儿的第一位客人。我敢肯定，你会对我们的生活方式，以及我们小岛的方方面面留下深刻的印象。不管怎么说，我希望你能有好感，因为，绝对保守此地的秘密，这一点我们是坚定不移的。所以你将不得不作为我们的客人度过余生了。"

听他这么一说，我听话地把袖子放了下来。接着他递给我一对袖口链扣，四颗扣子是清一色的利马豆大小的钻石，又递给我几只钻石饰钉，让我把衬衫的前襟别好。最后，我到底还是把翼领戴上了。他又掏出一面小镜子，让我照着，把白色的真丝领带打得整整齐齐。当我最后把圆顶礼帽扣在头上时，真可谓感触良多呀，觉得这无疑是平生最不可思议、最为荒诞的一次经历。他那句我要一辈子做喀拉喀托岛的客人的话也使我忐忑不安。面对这位绅士，我一个劲儿说自己对此处非常有好感，实则内心真是五味杂陈哪。

"好，跟我走吧，"他说，"我先带你看一下我们这儿的山。"

他领着我穿过一小片棕树林。脚下的灌木生得浓密、杂乱，与太平洋其他岛屿上无人涉足的丛林差不多。我的主人穿越丛林的样子很怪：双手提着裤脚，小心翼翼地挑着下脚的地方，唯恐弄坏衣服上的折痕。我这套衣服是借来的，自觉也该同样爱惜。我们俩那样子肯定很好玩儿——两位绅士，一色白衣白帽，踮着脚穿越丛林。

突然，周围的环境明显变了。我们走近火山的时候，脚下的灌木、杂草越来越稀少，不再那么碍手碍脚了，最后就不见了踪影。疯长的盘根错节的根脉、高大的蕨树、枝叶相连的榕树、常见的成片的丛林植被，这些都消失了。我发现自己迈步在松软的绿茵上，看着那样子，闻着那气味，像是刚刚修剪过。花的功夫显然与英格兰庄园草坪不相上下。这儿就像是某大国的首都，动物园里的一处热带植物园。我大吃一惊，不由得对着主人连连称赞。他解释说，各处的灌木都清理了，只是环岛还留着一圈儿野林子。这样才能让过往船只觉得岛上是无人居住的。

距山脚还剩 100 码的时候，我们停下来坐在一条长凳上休息。我借此机会介绍了自己。"威廉·沃特曼·谢尔曼教授。"我说着向他伸出手。他与我握了手，说："F 先生。"

"F 先生，名呢？"

二十一只气球

"就叫 F 先生吧,"他说,"关于这个,我一会儿再解释。我之所以建议在这条长椅上坐一会儿,是因为我们靠近火山了。今天一上午山都很安静,这种情况少见。它每次都安静不上一小时的。山开始轰鸣的时候,你会觉得整个岛都在脚下剧烈抖动。一开始你会觉得很可怕,很难受。我们都有过这种感觉。得过一段时间你才能变得'不晕山'。对我们来说,做到'不晕山',就像水手'不晕船'一样。以前我们还做不到的时候,每逢火山轰鸣,许多人都会'晕山',就像乘客在海况恶劣时会晕船一样。我只是提醒你这一现象,到时你可别害怕。靠近山脚的地方抖动得最厉害。"

the Twenty-One Balloons

这番解释像是暗示大山马上就要有所动作了。可不，屁股刚一离开长椅、要继续赶路时，我就听到脚下似有闷雷隆隆作响，声音越来越大——地面开始翻动摇晃起来。慌得我连忙折回长椅，翻身躺了上去，用尽力气死死把住了椅身。我看了一眼Ｆ先生，他一边瞅着我和蔼地笑着，一边从容自若地随着地面的颠簸踱来踱去，就像湍急水流中的一只瓶子。大地根本没有在我们脚下开裂。此时我觉得，身在喀拉喀托岛，无异于骑在一头史前怪兽的背上。这声音像是野兽腹中的轰鸣；地面就像一大张兽皮，覆盖着这畜生的肌肉和骨骼，时而伸展，时而弯折。

Ｆ先生招手让我过去。他若无其事地站在那里，似乎脚下踩的是坚实的地面，只不过不时来回走动一下而已。我觉得真像喝醉了，从长椅到Ｆ先生这段距离，竟摔了四跤。真让我无地自容啊！更让人懊恼的是，走到同伴跟前只有短短的几步，我竟然觉得非常不舒服。Ｆ先生把我从地上拉了起来，紧紧抓着我的胳膊，好像在护送一个醉汉从草坪舞会回家。

"现在你该明白，为什么以前人们认为喀拉喀托岛不适合居住了吧？"Ｆ先生问。

"现在真是领教了。"我嘟哝道。

"这就是大自然了不起的地方,"F先生说,"它极精心地守护着自己最珍贵的宝藏。在太平洋的其他岛屿上,每年都会有几百名土人为捞取海底珍珠而丧命。人类为了获得珍珠,向大自然付出了高昂的代价。多少世纪以来,喀拉喀托岛上喧腾的火山却让人望而却步。在这座反复无常、危险可怕的大山脚下有一座矿。现在我就领你到矿上去。"

我无法像F先生那样行走自如,因此一副狼狈相。全因为我的拖累,两人好不容易才来到山脚下。咦,我们来的这块地面却纹丝不动。我敢说,此时我真像卸下了千斤重担。平静的地面上还有一条长椅。我跑过去,一屁股坐下,放眼四望,周围的景物还在不停地颤动,耳朵里还是轰响如雷。我发现,哪怕只看上一眼就会受不了的。因为只要瞅见草坪一起一伏,或者棕树一弯一晃,就又让我觉得浑身不舒服。F先生陪我坐了一会儿,提议往前走。他把我带到长椅后面的一面岩壁前。岩壁上像是有个进口,用船上拆下的一扇破木头门板遮着。F先生将手伸进口袋,摸出两副黑色镜片的眼镜。"你得戴上这个。"他解释道,"到了矿里,不管干什么,都不要摘下来。"我戴上墨镜,F先生把门挪开,让我跟在他后面。我顺从地跟了上去。

进到矿里我就明白了，为什么上面的地面——就是我刚待过的地方——会一动不动，也明白了为什么四周的洞壁一动不动，为什么洞顶和脚下的地面坚如磐石，为什么在一个隆隆作响、颤动不止的环境中，还会有这么一个静谧的世外桃源。

女士们，先生们，矿洞的四壁、地面、洞顶，全都由自然界最坚硬的一种矿物斧凿而成：一色纯净、晶亮、耀眼的钻石。钻石块一直没到了脚踝。地上的钻石都是大块的，大到有如铺路的鹅卵石。那块大名鼎鼎的琼格尔钻石[1]，如果掉在喀拉喀托岛钻石矿里这晶莹闪亮的地面上，要想找

---

[1] 由一名叫雅各布·琼格尔的人在南非发现，这颗钻石重726克拉，有鸡蛋大小，在当时为世界第四大钻石。——译者注

到它，就像在一口袋白糖里找到一粒盐那样无望。这里的钻石处于最纯净的状态，等着人来切割呢。这是纯粹的结晶碳，不见一丝灰尘或杂质，毫无瑕疵。

我自然惊讶得目瞪口呆。波兰著名的盐矿、百慕大的水晶洞，我都读过，也看过照片。而这里的情景要夺目一千倍，绝对更让人叹为观止。此情此景，就是把最富想象力的童话变成了现实。

我在没脚的钻石中徜徉，随手满满地捧起一把又一把，任凭小颗粒从指间滑落。抛耍着两颗棒球大小的、沉甸甸的钻石，我突然觉得自己就像在糖果店里钻来钻去的小孩子。

"这些我能拿点儿吗？"我小心地问，声音颤抖。

"当然。"他爽快地答道，"如果你高兴，把口袋都装满好了。不过，先同我出来一会儿。"

我急不可待地把所有的口袋都塞满，随他走出矿井。相对于矿内的晶莹闪烁、明亮辉煌，外面的阳光似乎暗了一些。即使不戴墨镜，蓝天也好像突然变得灰暗了。刚出来，好像都分不清眼前热带景物的颜色了。但是眼睛很快适应了阳光相对的暗，草地又变得青翠，天空又变得湛蓝了，我同伴的肤色也泛出了健康的红润。

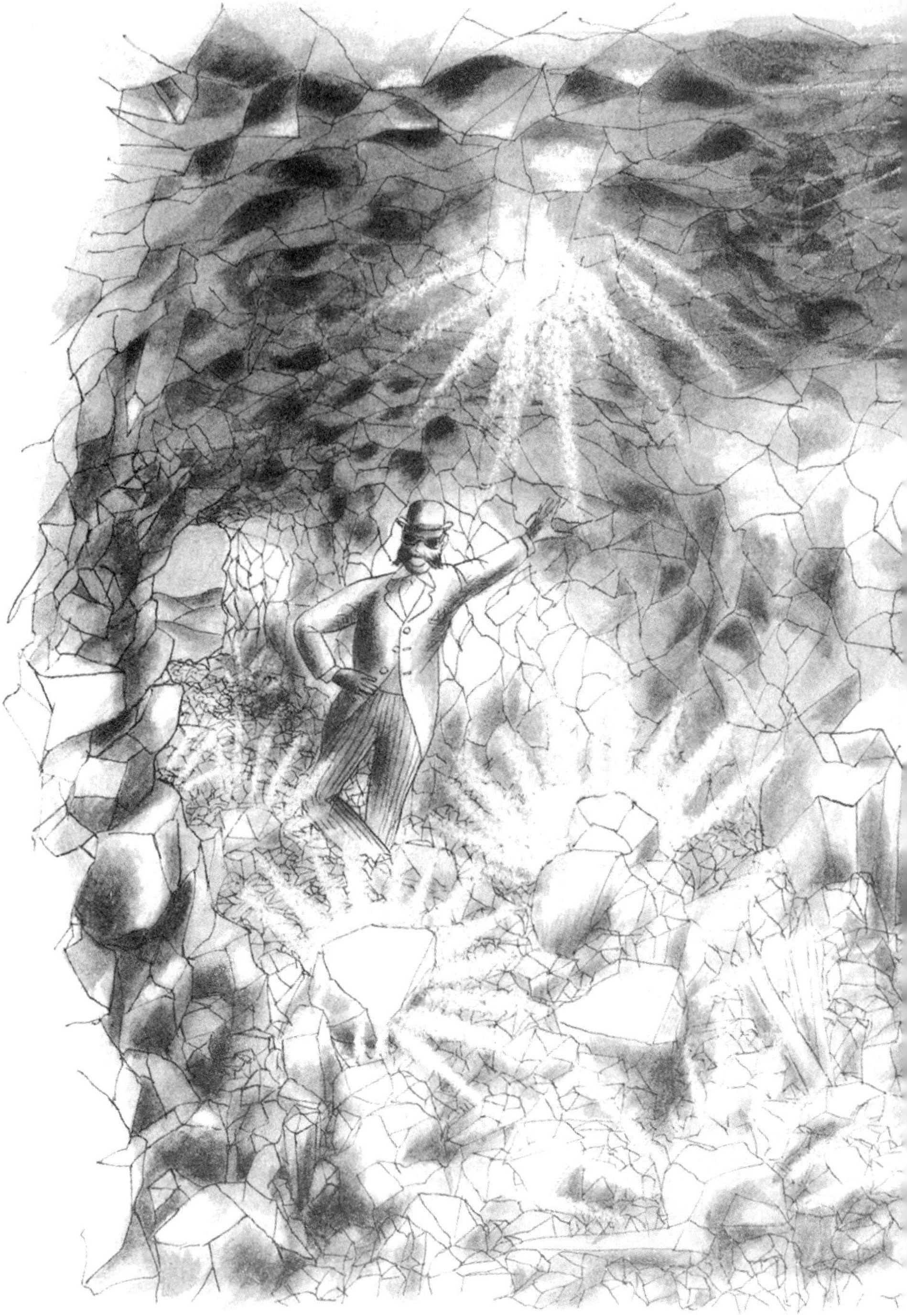

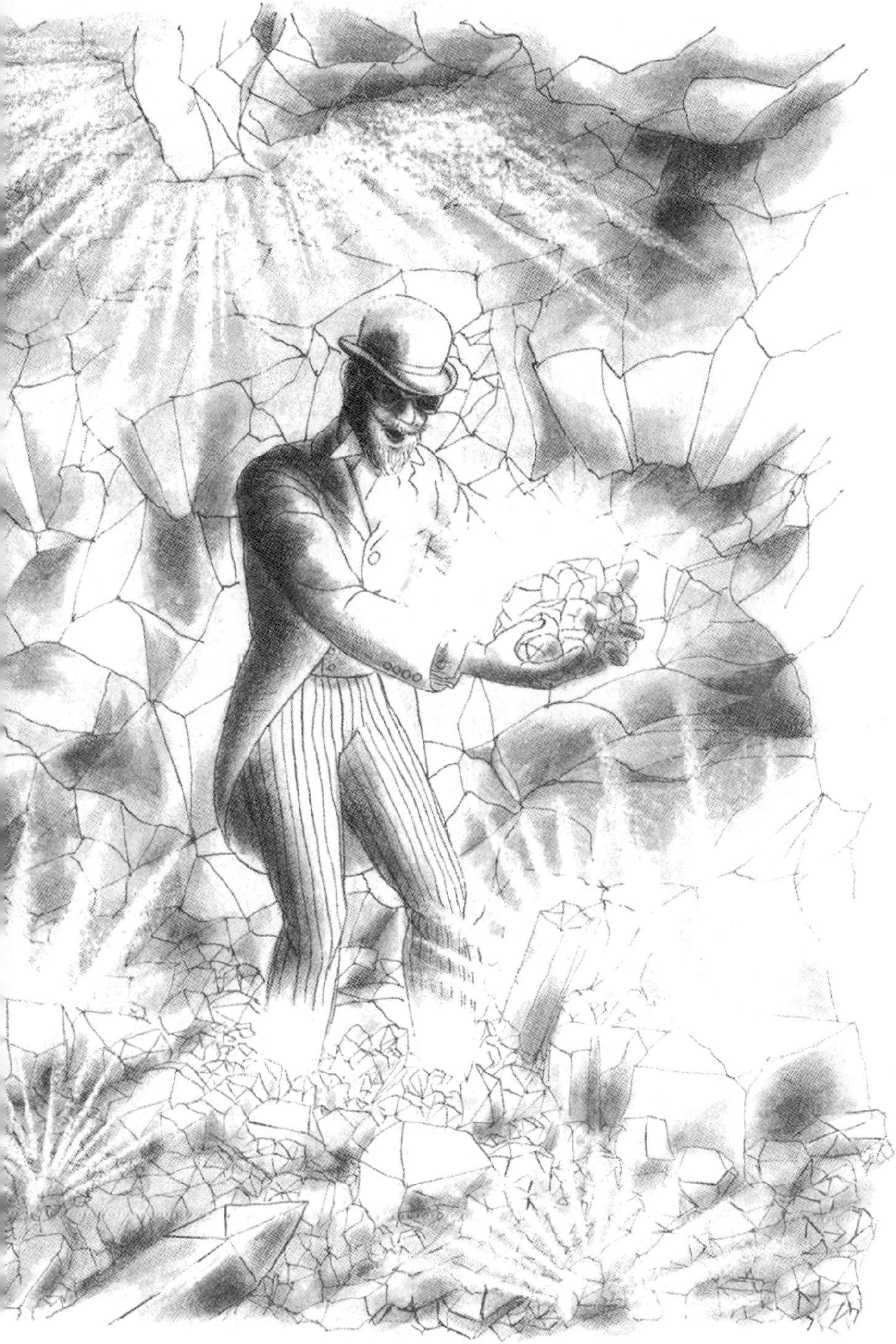

the Twenty-One Balloons

"坐下吧，"他指了指离矿最近的一条长椅，"我有不少话要对你说。也许，你觉得能登上这个岛纯属偶然，其实唯一的偶然是风不偏不倚地把你带向了喀拉喀托岛方向。饥饿的海鸥钻进了你的气球，逼着你在这儿降落，这件事情也许可以说是事故。但是，就算没有这事儿，我也会用这把手枪在你的气球上打穿几个窟窿的。那样一来，除非风向变了，把你吹往其他方向，否则你早晚还得在这儿降落。如果你从喀拉喀托岛上空飞过去，就会成为第一个这样做的外来者。你会看到岛上有房子，会看到我们的建筑、公园和游乐场。你会告诉外面的世界喀拉喀托岛上有人。这可让我们一点儿都高兴不起来。一个男孩子——B先生的儿子，今早看到你了。我受到差遣，拿一支手枪来海滩，要确保你在这里降落。选我来，是因为我是岛上最好的猎手之一。你已经看到了我们的钻石矿，就是说，去了其中的一座。围着山脚的那些地面从不震动的地区，未曾勘探过的地块还多着呢。这样你就该明白为什么自己得长期在这儿作客了吧？"

"确实明白了。"

"我确信，再过一段时间，你得空考虑周全了之后，就根本不想离开喀拉喀托岛了。这儿有着惊人的财富，还有在矿场持股带来的惊人的权力。现在你就是地地道道的持股人了,因为矿场的产权是在了解其存在的人们当中平均分配的。你降落在这儿的时候,我们本可以杀了你,以暴力的方式使你无法泄密。可我们这儿之所以幸福,就在于我们当中没有杀人的。

"所以,现在你既然来了,就自动成为了喀拉喀托岛的公民。这些矿里有你的股份。依照钻石当今在各国的价格,你得在余下的年月里,每天花 10 亿美元,才能将自己的身家挥霍殆尽。但是,如果你要将自己应得的那份钻石取走,装上货轮,随你前往另一个国家,就会犯一个可怕的错误。钻石之所以会有今天的天价,是因为它们在各国是极为稀缺的珠宝。在世界任何一个港口卸下一船钻石,都会让钻石市场崩溃,钻石价格会跌落到几近一文不值。你那船钻石的价值差不多也就跟一船碎玻璃差不多了。

"喀拉喀托岛人每年都会前往世界上的某个国家,每次去的国家都不同。这种旅行以后我会详细跟你讲的。我们每年买一次日用品运回喀拉喀托岛。每人都会随身带上一颗不大的钻石,分别前往这个国家不同的大城市,卖给不同的中间人。一开始,我们还认为有必要郑重其事地起誓,绝不会把喀拉喀托岛的所在以及钻石矿的秘密告诉任何人。

但这根本就是多余的。只要一到了外国,你马上就会明白的。你会想到自己在喀拉喀托家乡这笔惊人的财富,意识到钻石在其他国家具有的魔力,想到如果把喀拉喀托岛的事儿透露给外人,会毁掉钻石市场。你会发现,自己甚至都不愿意在人面前提到太平洋几个字。你唯一担心的就是自己会说梦话。

"刚才你问我能不能拿几块钻石。这个,请便吧。刚到的头几天,想随身带着几颗,这是自然而然的事情。我们对钻石早已习以为常,干脆把它们留在矿里了。在这儿,它们一文不值。我们每个人拥有的财富都是美国财政部的100倍,但是本地没有花钱的地方,所以我们就把它们留在原地了。"

他这么一说,让我觉得挺狼狈。我不好意思地回到矿里,把捡的那几块价值50万美元的宝石扔了回去,觉得心乱如麻。气球失事造成的亢奋、大地的颤动,还有让人难以置信的钻石矿,已经耗得我筋疲力尽了。

此时,大地已经停止了颤动。每天它总有几次短暂的静寂。F先生指了指远处的一片造型各异的房子。"那就是我们的村子,"他介绍说,"我们往那边去吧。"

我担心大地会重新翻滚摇晃起来,只好从一条长椅急奔到另一条长椅，往村子里一点点挪动。F先生紧跟在我身后。火山造成的地动把我吓成这副样子，好像把他也给逗得乐不可支。好不容易连滚带爬到了F先生家门前，我累得一点儿劲儿都没有了。

"请你直接带我到自己房间去好吗？"我央求道，"今天经历的亢奋已经足够多了。我想好好睡一晚，明天还得有精神应对你们这个神奇的小岛上的新鲜事儿。"

F先生亲切地把我领到一个房间，给了我睡衣，还端来饭菜，然后道了一声"晚安"。

我向他道了谢，在床上吃完饭，很快便进入了沉沉的梦乡。

喀拉喀托岛的纹章

以热带景色为背景的钻石型纹章,呈现的是火山口上加热的煎锅,象征岛上的美食政府。格言"Non Nova, sed Nove"意为"不求新鲜,但求新意"。

第 六 章

美食政府

　　我夜里睡得很稳，很沉。第二天早上醒来，感觉睡得很好，很舒服，因为自己很能做梦。平安无事的夜晚，我做的是好梦。不舒服的时候，就会做噩梦。那天晚上，我梦见自己又睡回"环球"号的软垫上去了。醒来发现自己是在一间路易十四装饰风格的精美卧室里，躺在宽敞漂亮、古色古香的四柱床上，你可以想到我有多惊讶。房间的壁纸以淡蓝为底色，上面绘有金色鸢尾花。窗帘是红色的天鹅绒，每幅都饰有大幅棉制金色旭日图案，象征着法国的路易十四国王——这位"太阳王"[1]——的奢靡。头天晚上

---

[1] 路易十四（1638—1715 年）勤政有为，被誉为欧洲君主中的明君。扮演过太阳神阿波罗，自号太阳王。——译者注

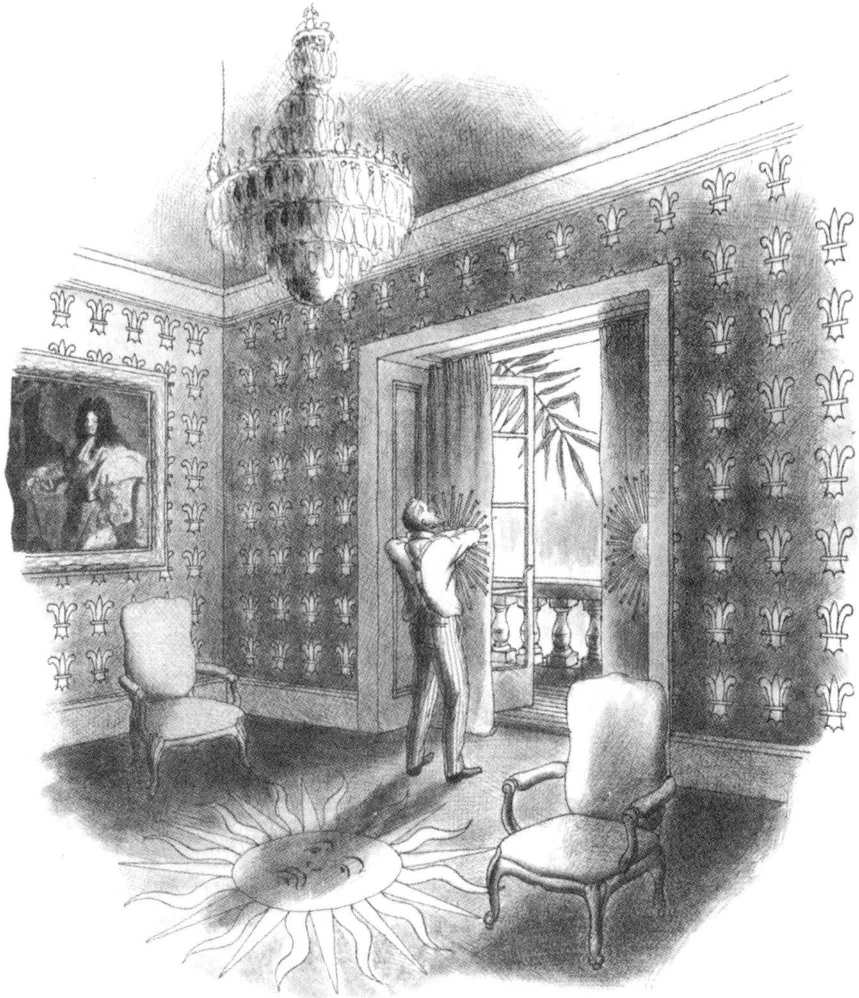

我根本没仔细打量这间屋子,借着一支蜡烛的灯光在床上吃晚饭的时候,只发现自己躺在一张四柱床上。但是,想来因为我前一天处在亢奋状态,给累坏了,一心只想歇着,所以才把房间想象成类似自己熟悉的那种简朴的美国殖民时代的卧室了。

我起床穿衣服,发现头天穿了几小时的、略微有点儿皱巴的那套衣服被人拿走了,取而代之的是一套全新的。这正合我意。我正穿着衣服呢,就听到有人敲门,F先生走了进来。我们互相问了安。我让他放心,晚上睡得非常舒服。说着说着,我听到从山那边传来了不祥的轰鸣声,便走到窗前向外张望,看到窗下的地面又开始活动了。起伏的剧烈程度不像前一天在山脚下那阵子,但是很像耕地时翻滚的田垄。F先生对我解释,村子建得距火山尽可能远,所以地面颤动得不厉害。我问他,地面颤动的时候,我们所在的房子却不动,这是什么原因。他的回答却出人意料。

"书上告诉我们要把房子建在磐石上,"他说,"在喀拉喀托岛,我们发现,使用的地基要比磐石更坚固才行。我们房子的地下结构都是坚硬的钻石块儿。走吧,"他又说,"我带你去吃早饭。"

下楼时,我注意到F先生的房子并非一色的路易十四风格，而是集多个历史时期法国最优秀的装饰品味之大成。我看了看其他房间，有些是路易十五时期的，有些则呈帝国时期[1]的风貌。

走出房子后，我转身端详它的外观。建筑与凡尔赛的小特里阿农宫并无二致，小特里阿农宫一向被自己引为最钟爱的建筑之一。我真是做梦都想不到——在太平洋的一个小岛上居然会发现这样一座建筑，简直不可思议。

我环视了一下其他房子，都是同样精美绝伦。我跌跌跄跄地沿着晃动的地面前行时，注意到依次排列的是：一处复制的乔治·华盛顿的芒特弗农庄园[2]；一栋草屋顶的典型的英国村舍；一座可爱的中国宝塔；一幢典型的荷兰建筑；一处仿开罗施普赫尔德酒店的微型建筑；F先生的法国房子；还有十几栋房子，分别代表着不同的国家。我们前往英国村舍，进屋后径直去了餐室，那里有大约80个人正在吃早饭。进门后，F先生用清晰响亮的声音宣布道："女士们，先生们，请允许我把喀拉喀托岛的新公民谢尔曼教授介绍给大家。"我受到了极为诚挚的欢迎。所有的人都站

---

[1] 帝国时期：指拿破仑执政的法兰西第一帝国时期（1804—1815年）。——译者注

[2] 位于弗吉尼亚北部，华盛顿附近，乔治·华盛顿的故乡和陵寝所在地。——译者注

起来鼓掌。接着，男人们朝我走过来，伸出了手。我被依次介绍给 A 先生、B 先生、C 先生……一直到 T 先生。被称为 B 先生的人显然是这座英国村舍的主人。他把我们带到一张桌子前。入座后，我立刻转身问我的同伴："F 先生，我可是越来越糊涂了。有没有可能劳驾您从头给我讲一下喀拉喀托岛的历史呢？能否请您告诉我，所有这些可亲的人们是怎么到这里来的？还想请您解释一下，为什么每一栋房子都风格迥异？还有，为什么我所看过的两栋房子餐室都很大呢？另外，请您告诉我，为什么这儿的人都以字母为姓呢？我从未想到世界上会有这样的国家，风俗显得如此另类，如此让人困惑。"

F 先生哈哈笑了。他建议道："我们先吃饭吧。"于是我俩走到一张大桌子前，桌上盛得满满当当的银质火锅里，烹制着可口的腰子、羊排、熏火腿，应有尽有，拼成了一顿营养丰富的英式早餐。我俩吃完了，回到原来的桌子上，F 先生给我讲了喀拉喀托岛的故事：

"八年前，一位名叫 M 先生的海员，在一次可怕的飓风中——就在喀拉喀托岛附近的海上——因海船遇难而登上了这座岛，当时他身体状况还不错。这对他来说真是万幸，因为与他同船的伙伴们都已葬身海底了。上岸后一感到脚下的土地隆隆作响,他就明白了,自己上的是所有海岛中最可怕的喀拉喀托岛。他不敢靠近火山,知道大地剧烈颤动全是因为火山在活动。他也不能在海滩上久留,因为飓风掀起的沙尘暴遮天蔽日,极为危险,没有人能够生存下来。凭着直觉,他来到丛林避难,又摸索着穿过丛林,往火山那边去,想尽量离海滩远一点儿,当时一定吃尽了苦头——人不但随时会被剧烈摇晃的大树和狂风抽打的灌木击中,还得在喀拉喀托岛地面那难忍的颤动中走上走下。当晚某个时候,他好不容易来到了靠近矿区的那块安静的地面上。这块地是纹丝不动的。他在黑暗中四处摸索,想找一个藏身处,最后在岩壁上找到了一个窟窿。他以为里面是个山洞,就钻了进去,总算平安地睡了一觉,尽管睡得一点儿都不舒服。当然,他醒来后发现自己是在钻石矿里。

"突然发现自己成了世界首富以后,第一个念头自然就是带足钻石,离开喀拉喀托岛,回到文明世界。当时,离开喀拉喀托岛是困难的。想要离开一个外人都不敢靠近的地方并不容易。从一方面讲,这也是好事儿,因为这给了他一个机会适应在喀拉喀托岛的生活,同时也让他意识到,人是能够在喀拉喀托岛生活下去的。M先生精心设计了一个最佳方案，充分利用矿场带来的巨大财富。

"他花了一个月的时间才为自己造了一只筏子，因为一开始找不到任何工具。在矿场里，他捡了一块形状像斧头的钻石，就把钻石当斧头用了。这是一件粗糙的工具，但是不需要磨砺。竹筏终于造好了。一天下午，看到远处有一条船，他就驾着筏子靠了过去，随身只带了四颗钻石——三颗小的有玻璃球那么大，一颗大的和棒球大小差不多。船把他救了上去，前往美国。他告诉船长自己在喀拉喀托岛遇了难，还编造了一串可怕的故事，极尽渲染在那地方生活是多么可怕。但是船长不需要说服，他根本就不想到喀拉喀托岛去。

the Twenty-One Balloons

"M先生到了旧金山，把三颗小钻石以每克约一万美元的价格分别卖给了三个不同的中间商。接着他又选了20个家庭，就是你在这儿看到的这20家人，以那颗棒球大的钻石为诱饵，引诱他们随自己一起回到这座神奇的海岛上。这些家庭都是他精心挑选的。每个家庭都必须具备两个条件才能入选：一、家有3到8岁的男女孩子各一名；二、具有创造热情，譬如在绘画、写作、科学、音乐、建筑、医学方面的兴趣。这两个条件不仅是为了保障喀拉喀托岛居民后继有人；还因为在他看来，在一座荒凉的小岛上，唯有具备创造热情者才不会感到过于无聊；同时，具有发明热情的人能够更轻松地应对非常局面，为文化的传承打下更坚实的基础。

"M先生用卖掉小钻石的三万美元为自己买了一条船。他是入选家庭成员中唯一的海员。在买来的船上，他开始精心对其他人进行航海培训，将其全部训练成了海员。不久，大家都会驾船了。我们用船载着家人和供应品出发了。这大约是七年前的事。

"喀拉喀托岛位于爪哇岛和苏门答腊岛之间，是被外界视为三座无人岛中的一座。这三座岛分别是弗洛提岛、朗岛和喀拉喀托岛。弗洛提岛遮蔽了喀拉喀托岛的一个小海湾，从苏门答腊岛眺望，是看不见小海湾的。同时，弗洛提岛也为小海湾提供了庇护，使其免受狂浪的侵扰。我们决定把船停在这儿。这事儿是在深夜做的。

"在喀拉喀托岛的第一年不堪回首。见了矿场，我们个个都变得贪婪起来。除了平分为 20 股以外，其他分配钻石的办法实际都是行不通的。就是说，需要 20 份产权证书，每份让持有者对矿产拥有相等的股份。当时，好像每家都起了贪心，想吞下——也就是独吞——所有的钻石。有些家庭里的人原来是建筑师或者营造师，他们为自己造了舒适的小房子，定居下来，四平八稳地过起了日子。我们其他人要么露天睡觉，要么栖身在矿里。于是，我们请建筑师们也替我们造房子。可是，除非我们把矿产股份让出来，否则他们是不肯答应的。起初我们一口回绝了，后来发现（几个月的雨季，暴雨肆虐，苦不堪言）没房子根本不行，只好把钻矿股份让给了四个建筑师家庭。他们为我们造了小房子，作为交换，我们忍痛割爱，让他们成了钻矿的主人。

"可一旦都有了房子，我们又开始琢磨怎么把自己的钻石夺回来了。在喀拉喀托岛是没东西可买的，我们大半靠岛上丰富的植被生活。此地气候湿润、温暖，变化幅度极小。由于火山的特点，土地富含各种磷酸和钾，无论什么植物都长得很好。有一家人开了家餐馆，这个主意很好。那四家人霸占了全部的钻石，便急于炫耀自己的财势了。钻石在本地花不掉，他们除了坐我们的船，不然没办法前往国外。这又需要岛上所有的人都参与驾船，而没钻石的家庭是不情愿送有钻石的家庭回美国的。这样一来，有钻石的家庭就得每天晚上'出去吃'，就是到餐馆吃，以此炫耀财势。他们来吃饭，餐馆的主人索要的却是天价。我想，当时是三顿饭抵一股。尽管如此，开餐馆当时看来是开对了。不久，另一家餐馆开张了，品质还略胜一筹。接下来，又有一家改成了餐馆。过了一段时间，家家都改成了餐馆，钻石得以重新公平分配了。经过四个月的激烈竞争，我们都成了手艺精湛的大厨，家家也都把自己的股权讨了回来，大家心情好多了。一家接着一家，可供品尝的厨艺数不胜数。我们决定举行一次盛大的宴会庆贺重掌股权，每一家都要贡献一道拿手菜。这是一大盛事，宴会最后，我们起草了《喀拉喀托政府宪法》。

"我们这部宪法非同寻常，在某种程度上算是一个餐馆政府。全岛有 20 个家庭，每家都经营着一家餐馆。我们就

此立法，一个月内，所有家庭每天晚上都要集中到一家新餐馆就餐，由环绕村广场的各家餐馆轮流做东。这样，喀拉喀托岛各家，20 天内只需劳作一次就行了。这也保证了每家人都可以享用到种类繁多的美食。"

此时我明白了，怪不得来过的这两家一看都是餐馆呢！于是，接下来我又让 F 先生解释了一下，各家的姓都用字母是怎么回事。

"很简单，"F 先生说，"围着这里的村广场有 20 家餐馆。我们依字母顺序为其排序，A、B、C、D、E、F……围着广场，一直排到 T，也就是第 20 栋房子。我们也就此改了自己的名字。A 餐馆住着 A 先生和妻子 A 太太，还有他们的儿子 A–1 和女儿 A–2；B 餐馆住着 B 先生和 B 太太，B–1 和 B–2。就是这么简单。"

"那你们的宪法还有什么不同寻常之处呢？"

"我们喀拉喀托岛的日历跟你们的不一样，这也是一部餐馆日历。喀拉喀托岛每个月的天数少，只有 20 天，每天以各个家庭命名，A 日、B 日、C 日……就这样直到 T 日。A 日我们到 A 家餐馆吃饭，B 日到 B 家餐馆，以此类推。每家只在每月自己的那一天才动手劳作。"

"这个合理，"我说，"不过也请告诉我，为什么每家餐馆的风味会各不相同呢？你跟我说过，所有的家庭都来自旧金山。从我在他们身上看到的、听到的来判断，他们好像全是美国人。但是，他们的住宅却像万国博览会上的展馆一样，千姿百态，很国际化。"

"我们这里的人都是美国人，把餐馆建得具有国际风格只是为了给我们的生活添彩。在这里生活的初期，我们发现在餐馆政府的统治下，大家都可以幸福地生活了。所以我们决定，让每一家餐馆都各具特色，这样一来，在某些日子里，大家都能指望品尝到一种别样、可口的饭菜。我们美国人继承了各式各样的口味，因而大家商定，每家餐馆都应当提供一种异国风味的饮食。对此，我们也是按照字母排列的。A 家经营美式餐馆[1]，提供正宗美式饮食；你今天是在 B 家吃饭，这是一家英式肉排店[2]；C 家开的是中国餐馆[3]；D 家开的是荷兰餐馆[4]；E 家开的是埃及餐馆[5]；你可以沿着字母表一直数到 T，T 家开的是土耳其咖啡馆[6]。"

"那你，F 先生，开的是法国餐馆喽？"

"这个，不言自明嘛。"

"有没有喀拉喀托岛餐馆？"我好奇地问。

"当然有，是 K 先生经营的，经营的品种严格采用本地食材，饭菜风味独特，用料有面包树上的果实、棕榈树干生出的汁液[7]、椰子、香蕉，还有些更具异域风味的水果，多半还会有我们周围海里很容易捕到的一种十分美味的鱼。当时我们想不出喀拉喀托餐馆该采用哪派建筑风格，于是就自创了一种风格。房子由玻璃砖建成，暗喻岛人精心守

---

[1] "美国的"的英文是 American，首字母为 A。——编者注
[2] "英国的"的英文是 British，首字母为 B。——编者注
[3] "中国的"的英文是 Chinese，首字母为 C。——编者注
[4] "荷兰的"的英文是 Dutch，首字母为 D。——译者注
[5] "埃及的"的英文是 Egyptian，首字母为 E。——译者注
[6] "土耳其的"的英文是 Turkish，首字母为 T。——译者注
[7] 热带植物，又称"大王棕"，树冠割开后内中汁液可直接饮用。——译者注

护的宝藏——钻石矿。多数玻璃砖内嵌有珍稀绚丽的热带鱼，因为在好几个月的时间里，它们曾是我们的主要食物来源。餐馆看起来像是用晶莹的冰块和鲜活的鱼儿构建的一栋房子，成为夏天那几个月里，K日用餐的一个诱人的好去处。"

"S 家开的是什么餐馆？"我又问。

"一家瑞典自助餐馆。"

"R 家呢？"

"他开的是一间俄罗斯茶室。"

"真是个好地方！"我喜不自禁了，"我当然盼着 I 日喽，我爱吃通心粉。"

"I 先生的意大利餐馆做得最好。"F 先生口气十分肯定。

"你们一年里每个月都有名字吗？"

"算是有吧，但是月份的名字季节性强，完全是根据我们当时的食物储备而定的。这个时节储备的羔羊肉多，所以就一致表决，管这个月叫'羔羊月'。这个月要求每家餐馆的菜谱上都要有一道羔羊菜。今天是羔羊月的 B 日，所以我们吃的是英国羊排。英国羊排，味道无可企及呀。到了 F 日，也就是我负责开伙的日子，请大家吃的是羊排蘸蛋黄酱，要么就吃烤羔羊拌大蒜。到了 T 日，土耳其咖啡馆会专门做'希施科芭布'，就是穿在金属扦上的烤羊肉串。当然，我们各家餐馆肉食种类很多，但是在羔羊月，在各家的菜单中，你准保能找到羊肉。"

"越听你讲，我就越喜欢喀拉喀托岛这个地方了。只是有一件事儿我还不明白，你们从哪儿获得供给呢？建房子要用这么多材料，都是从哪儿来的？"

"这就是餐馆式治理产生的直接效果喽！现在我们都过得称心如意，已经不会有人想把喀拉喀托岛钻石矿的秘密泄露出去了，想独家控制矿场的内斗也平息了，大家一趟趟往国外跑，就没必要阻拦了。我们总是去不同的国家。为了掩饰踪迹，我们会及时将货船卖掉，再添置新的。一艘船从来不在两个国家露面。从矿里地面上随便捡一把钻石，在国外赚的钱就足够了，一次就可以把高档必需品装满一艘新货船。最后一栋房子是最近完工的。建造这些房子花了七年的时间。这是一个长期的、逐渐的过程，我们大家自始至终都非常努力。"

"那我该怎么办？"我禁不住问，"我是刚来的，也没有家室。你觉得我应该改名吗？我也该为自己建一家餐馆吗？哪怕给贵处增添半点儿麻烦，我可连想都不愿想。再增加一家餐馆的话，你们的日历就不能用了。你说我该怎么办？"

"恐怕，"F先生说，"你将不得不处在一个特殊、但很幸运的位置，就是永久性地在此地作客。你想在我家住多久就住多久。如果愿意的话，轮流到各家住住也行。至于吃饭的事儿，你只要按照我们的日历，每天随我们一起吃

F一家

就可以了。每家都得接待80个人,多一个人一点儿也不麻烦。至于改名字,我根本不主张。你也没有餐馆,就没必要为你命名一个日子。还有另外一个充分的理由,字母表中第21个字母是U,称你U先生会让你不自在的。每次听人喊'你好[1]',你都得转过头来。人家问你是哪位,你就得回答'我是U'。听到别人谈话的只言片语,你总免不了要心烦。假如听到有人对朋友说'我想今晚见你',你会纳闷儿,他这'你'指的是谁。你就老得琢磨,这回这个'你',意思是'你'呢,还是U呢?假如'你'指的是U,而U又是我,那这位女士今晚就是想见我喽!你就会纳闷儿,她为什么要见我。所以,听我说,谢尔曼教授,U不是个好名字。"

听了他这番话,我笑了,决定照F先生所说,不改名字了。F先生接下来说,有一栋房子不同寻常,想带我去看一下。"是M先生的家,他经营摩洛哥餐馆。M先生不仅发现了喀拉喀托岛,还发现了如何可以将生活过得更加愉悦的方法。M太太是个护士,两个孩子M-1和M-2都很有创新头脑。随我来吧,我认为我领你看的房子全世界都无与伦比。"

---

[1] 英文为"Hey, you!",其中you与字母U同音。——译者注

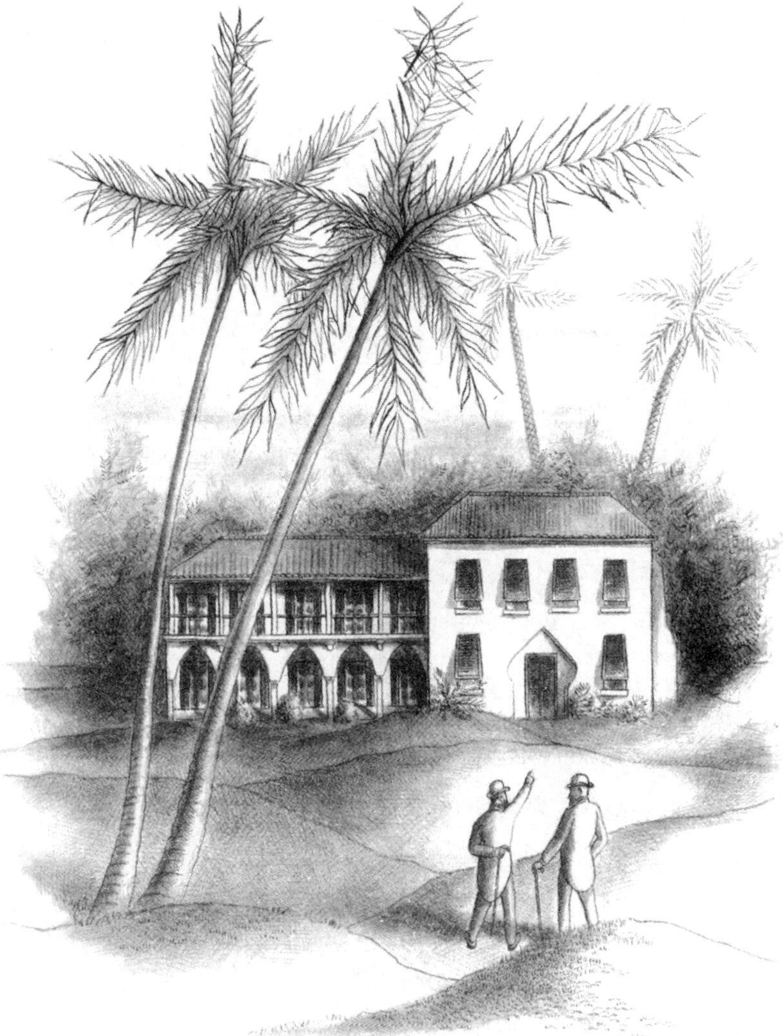

第 七 章
神奇的摩洛哥房子

去 M 先生家的路上，我问 F 先生，喀拉喀托岛的居民业余时间都做些什么。"你跟我说过，只有富于创造热情的家庭才会被 M 先生选中来这里。你还说，之所以要挑选具有创新头脑的人，是因为他们在这样一个小岛上不太容易感到无聊。那么，"我问，"实际情况怎么样？根据你们的宪法，每月有十九天你们是无所事事的——大家是觉得无聊呢，还是忙于发展自己的兴趣呢？"

"我们在这儿是很忙的。当然，有了钻石矿，我们的生活处于偏上的水平。除了这一点以外，忙碌的程度同任何国家的人是一样的。在其他国家，忙，通常理解是为了谋生。谋生简单来说就是要有吃的，有住的。我们的餐馆政府负责我们日用的饮食。我们便运用全部的创造力,力争让居所尽善尽美。我们造了这么些房子,你现在一次可以参观一所。我们选中的房子,每一栋都代表一个国家,每一栋我们都认为是那个国家最典型、最漂亮的,然后才开始动工修建。比如,我的房子酷似著名的小特里阿农宫。我在凡尔赛的一家小商店买了小特里阿农宫的详细图纸。我们在法国依照定制切割完了所有石块,然后装船运回喀拉喀托岛。这些石头都对着图纸,编了号,标上了字母。造我的房子对大家来说是件开心事儿,就像小孩对着一大堆玩具积木一样。此后我们又出了几趟门,买了与之相配的家具。每栋房子我们都是一起干的,直到完工。营造师们监督现场施工,会画画的要么精选画品,临摹原作,要么亲自为房子挥笔作画。我们操持每栋房子的营建,再配家具、装修,这成了一种爱好,世上最有钱的人家——也就是我们——的雅兴。这爱好让大家忙得不可开交。"

"这儿的饭菜一直不错吧?"我问,"会不会有的人家,到了该他们做饭的日子,要么懒,要么没兴致,准备的饭菜质量就差了呢?"

"好像还没人出过岔子。人一旦开始经营餐馆,就会对烹调变得痴迷起来。我想,是自尊心让人们争着把饭菜

the Twenty-One Balloons

做得比别家出色的。你想想,到了轮到你包伙的日子,各家都要来你家吃饭的。我总感觉,到了 F 日,自己会不由自主、铆足了劲儿想证明,我的这一天是最棒的。另外,还得考虑到这一点:我们都对美食感兴趣,也都喜欢吃,如果 F 日我家准备的饭菜质量差,自然就会担心,到了其他人家待客的日子是不是也会这样。那样就一个月都吃不好了。"

"我明白了。"

"但一切并非总是那么称心如意,尤其是现在房子都已经盖完了。每月到了包伙的那一天,我们都很努力,这个没问题。但是最近,大家在很多时候都是无所事事的。"

"出了什么问题呢?"

"什么问题也没有!" F 先生肯定地说,"我很高兴发现你也是个好闲散的人。在别的国家,有些迂夫子似乎认为'忙了就不惹祸',还有其他愚蠢的想法。在这座岛上,我们松散到了炉火纯青的程度,手完全闲了下来。现在除了做饭,我们唯一的工作就是让日子过得更好,既为了自己,也为了彼此。你马上要看的房子,是我们最近一直在改造的。这是当初打算最先改造完工的房子中的一座,现在我们正在全面检讨,再做改进。如果几项发明能够用在这座房子上，那么其他房子里也会装的。"

"从外面，"F 先生接着说，"你一眼就能看到 M 先生的摩洛哥房子结构简单而坚固。这就是我们选择对它先行改造的主要原因之一。与 T 先生的土耳其咖啡馆那种带穹顶、光塔、塔楼的房子相比，新理念适应起线条简单划一的房子来要更容易一些。我们当时马上就发现，几乎所有的革新想法都离不开某种形式的机械动力，所以首先改建了 M 先生家的地下室。我们这里，房子的地下室通常是用来存放成桶的葡萄酒的。我们紧挨着原有的地下室又挖了一个，里面镶嵌了此地常见的大块钻石，以确保地窖岿然不动，上面还盖了顶，把 M 先生的摩洛哥葡萄佳酿移到新建的密室中了。

"多数新想法都需要借助液压泵才能奏效。于是，我们就在 M 家的地下室里安装了一台蒸汽机——哦，到了——来，我先带你去地下室。"

在门口，我们受到 M 夫妇和两个孩子的欢迎。早饭时他们与人聊的时间不长，所以到家比我们早得多。M 先生好像马上就察觉到了，F 先生是带我来参观房子的，所以二话没说，爽快地答应上午房子就留归我们，可以随意转，想看哪儿就看哪儿。"我下楼去放点儿蒸汽上来，"他说，

"万一你们想试试哪件新发明呢。"

　　我们随 M 先生到了地下室。地下室有一个锅炉和一个火炉,在我看来很像美国家庭地下室里都能见到的那种。M 先生向我介绍说,把蒸汽机的火调旺跟拨弄一个普通火炉一样简单。屋子的绝缘性很好。在一座热带海岛上,头上有太阳暴晒,如果底下再加上火炉蒸烤,房子是没法儿住的。当然,锅炉的管道是通到巨大的蒸汽机活塞上去的——这点和在普通美国家庭中看到的根本不同。地下室里的其他地方塞满了铜传动轴,从地面一直延伸到天花板,让人看着眼花缭乱。蒸汽机的大飞轮提供动力,驱动着好几台液压泵,一看就知道是用来驱动铜传动轴上上下下的。蒸汽机附在一台发电机上。整个地下室看起来有点儿像一片机械的丛林,比轮船上的机舱还要复杂。我只想快点儿离开,一是急于想看一下机器在楼上是怎么运转的,再就是因为,房间虽大,活动空间却很小,容易被烫着,要么衣服会蹭上油污,再不就会被压着或触电。对这房间,F 先生似乎也有同感。只有 M 先生和 M–1、M–2 好像习以为常,在这黄铜丛林中钻来窜去,查验着表盘和量具。

　　刚要离开,我就注意到,从天花板上的一道狭缝中,垂下了两幅长长的白布,一直垂进地下室。宽大的幅面穿过

一个好像大号平底锅炉的装置,接着又经过一个像造纸厂专用烘干机一样的东西,然后由滚筒夹着,穿过天花板上的另一道狭缝传送回楼上。

"这究竟是怎么回事儿?"我好奇地问。

"来,"F先生说,"我先带你去看看M先生和M太太的卧室吧。"

我们上了楼梯,进了一楼的一间卧室。摩洛哥风格的装饰非常精美。我说精美,其实是有保留的,因为我个人不太喜欢这种风格。但是除了精美,一开始我没看出房间有什么不同凡响之处。

"这房间改进在哪儿呢?"我不禁问。

"M 太太以前是护士,"F 先生回答,"对护士来说,只要叠过几天床就会烦透了。平心想一想,大医院的护士得在整理床铺上耗掉多少时间啊!自然用不了多久就会烦了,尤其是像 M 太太这样猛然致富了之后。所以我们就用这种奇妙的床为 M 太太解困。这种床的床单供应绵绵不断。"

"那它怎么工作呢?"我有些着急了。

F 先生走到 M 太太的书桌那儿,拉开上面的抽屉,拿出一个曲柄,将其插入床脚竖板,让我仔细看着。曲柄摇动后,床单就开始移过床面,经过一块床侧板,由滚筒夹着,穿过地板。"我转动曲柄时,"F 先生解释道,"床单就经过床侧板,穿过地板,向下进入了地下室。在地下室里,床单要经过一个锅炉,在锅炉里洗涤,然后通过烘干机烘干,穿过蒸汽加热的滚筒熨平,再穿过地板向上移动。床单由滚筒夹着,贴着另一面的床侧板,升回到床面上。床单贴床面移动的幅度与床宽相等。每天早上,M 太太只要转动几下曲柄,让与床等宽的床单从床的一侧滑到另一侧就行了。这一动作会自行启动洗涤机,将锅炉里的热量转至烘干机。当一幅床单在熨烫的时候,一段新洗好的、热

平乎的、雪白的床单也就在床上出现了。"

"真是难以置信！"我又惊又喜，"但是毯子怎么办呢？"

"我的天，伙计，"F先生说，"我们这儿从来用不到毯子，往北几英里就是赤道。"

"哦，是这样。"我又问，"这栋房子中每间屋子都有新发明吗？"

"有。最初是每家腾出一间房子搞，尽管现在已经有好几家是几个房间同时在试验了。我们都对餐厅感兴趣，下面就带你去看看。你知道,接待 80 个人吃饭会产生很多问题,哪怕一个月只接待一次。每家四口人,其中孩子们帮了很大的忙。可是,即便这样,你也很容易想到其中的麻烦。要精心准备一顿早餐,收拾干净后就该做午饭了;然后又得打扫利索,接着又要做晚饭了。这一天活儿很多,让人筋疲力尽。你觉得这餐厅怎么样?"

我打量了一下刚刚走进的房间。屋子很大,但里面什么都没有。地面打磨得很光滑,上面的多帧图案似为圆形——一个大圆,周围是四个小圆。地板上共有 20 组这种一模一样的图案。墙上挂着画,有纵马奔驰的阿拉伯人,还有伊斯兰修士、苏丹[1]和大臣的肖像。

"看起来蛮像一个摩洛哥歌舞厅嘛!"我回答,"怎么没有桌椅呢?"

"说得一点儿也不错。"F 先生回答,"可这打扫起来却很容易,对吧,谢尔曼教授?用不着钻到桌子底下扫地,走路也不会碰到椅子。"

"很好。"我应道,"可你们在什么地方吃饭呢?"

此时,F 先生脸上闪过了一丝难以捉摸的表情。"看看这个吧。"他说着走到大厅的一头,拉动了一根大操纵杆,

---

[1] 穆斯林国家的统治者的称号。——译者注

又来到我身边，拉我到了房间远处的角落里。"看着地面。"他吩咐道。于是我直盯着地面。地面上的圆圈那儿突然噗噗冒出一缕缕蒸汽，接着圆圈开始缓缓升起，就像某种瘆人的蘑菇栽培园。不一会儿，每一组圆圈都凸出了地面，一组又组，每组都是四只平面小凳环绕一张小圆桌的格局。

"这样打扫起来就很容易了。"他解释道，"M-1和M-2把盘子、银质餐具和桌布撤掉以后，M先生按一下操作杆，椅子和桌子就会降下。M 太太和他就把地面打扫一下。这样，椅子、桌子，连同地面，每月一次性地清理一下就可以了。"

"太棒了！这摩洛哥房子里可尽是新鲜事儿。其他房间在搞什么试验？"

"起居室还远谈不上改造完毕，"他说，"但是，如果你愿意，我可以带你去看一看。"

"请前面带路吧。"

"你要知道，"F 先生明显压低了声音，"P 先生、Q 先生，还有 R 先生被 M 先生选中来喀拉喀托岛的时候还很穷，但他们却是极具创造天赋的科学家。三个人都痴迷电流的神奇威力和广阔用途。地下室的蒸汽机负荷已经很大了，还要再加一台发电机，这正是他们坚持要做的。我想，这笔天外飞来的财富多少让他们有些飘飘然了。M 先生当初是不太情愿把自己的起居室交给他们的，觉得即使对喀拉喀托岛来说，或许他们的想法也有点儿太超前了。但是他又有什么办法呢？他已经让出一间屋子，让各家都来参与改造，所以就不好再开口拒绝把起居室交由剩下的这三位发明家了。"

"他们到底是怎么改造的呢？"

"将椅子和长沙发全部电气化。"F 先生趴在我耳朵上小声地说，表情就像在议论疯子胡闹。

"为什么要这样呢？"走进起居室前，我急匆匆地大声问。

"据他们说，是为了在房间里活动更方便。我带你去看看他们是怎么做的吧。"

尽管恨不能一步跨进这间电气化起居室，但我觉得还是不管到哪儿都跟在 F 先生后面为妙。地面是钢的。椅子上下一打量就感觉不一样。首先，左扶手（全是扶手椅）上有一个小小的舵柄，与船上的舵柄相像；椅子底部安着小轮子；椅背上竖着一根细杆，细杆顶端像是一把钢刷，紧贴天花板；天花板上盖着一层金属丝网。

"'改造'这间屋子的科学家说，在房间内移动椅子，或从椅子上起身，走到窗口、书架或桌子前去拿烟斗，诸如此类的事儿太麻烦了。据他们计算，有些人仅在起居室一天，就要这样额外走上半英里路。这种椅子就是为了免去这番劳顿的。请注意看。"说着，他坐在一张扶手椅上，把舵拉到自己眼前。"现在，我不费吹灰之力就可以绕过牌桌，停在窗前。这舵的头上有一个按钮，我一按按钮，椅子就开始移动。凭着这舵，我就可以驾着椅子走。拇指松开按钮，椅子就会停下来。你准备好了吗？"

the Twenty-One Balloons

"请吧!"我说着退回到一个屋角里。

F 先生按了一下舵尖上的按钮,椅子嗖地绕过桌子,停在了窗前。可停得太突然了,F 先生猝不及防,头朝前一扎,猛地从椅子上蹿出,差点儿没从窗口飞出去。一路尾随其后的是电刷擦着天花板丝网释放出的一阵蓝火花。

"就是这样。"F 先生喘着粗气从窗户爬了回来,满脸沮丧。"你也看到了,对这间起居室来说,这很难称得上是改进。"

"为什么他们不弄得慢一点儿呢?"

"这些机器确实烦人。设计的科学家一再说,他们可以放慢的。但是 M 夫妇已经有过多次不愉快的经历了,像触电啦、磕磕碰碰啦。所以,现在这间屋子里,不管是什么电动椅子他们都不准安了。可 M-1 和 M-2 却迷上了,这间屋就只好听由他们摆布了。他俩把自己的游戏室腾出来,让给 M 夫妇作起居室了。岛上所有的孩子,每天花好长时间驾着这种轻便椅子绕着屋子疯,还大呼小叫的,动辄就

咣当一声撞在一起了。长沙发大约能坐四个孩子,是房间里面最快的。这代年轻的机械迷将来会出息成什么样子,我真是想都不愿想。"

我也有同感:眼看就要进入电气时代了,是可怕。

"那么 M-1 和 M-2 的卧室是什么样子呢?"我好奇地问,"床上是不是也铺着那种连续更换的床单呢?"

"不是的。"F 先生说,"看了我们餐厅安装的桌椅,他们受了启发,设计了自己的床铺。床是带操纵杆的,可以上下移动。像多数摩洛哥房子的顶层一样,他们的房间也有天窗。他们可以把床升到天花板,透过天窗遥望星空。天热的晚上,他们还可以打开天窗,径直把床升到屋顶——也就高出屋顶那么一点儿。另外,他们还可以把床调低,穿过卧室的地板,一直降到底下的浴室去。眼下,我们正犯愁呢,该在我们自己家里安张什么样的床才好:是 M 夫妇的那种自动更换床单的呢,还是 M-1 和 M-2 这种?你得承认二者各有千秋。

"这栋房子的其他房间也做了改进,比如把墙壁分成若干块旋转式装饰板,按一下按钮,就可以呈现出一种全新的装潢风格。厨房里配有餐具洗烘一体设备——我们认为,整栋房子可以说想多方便就有多方便。我领你看的只不过

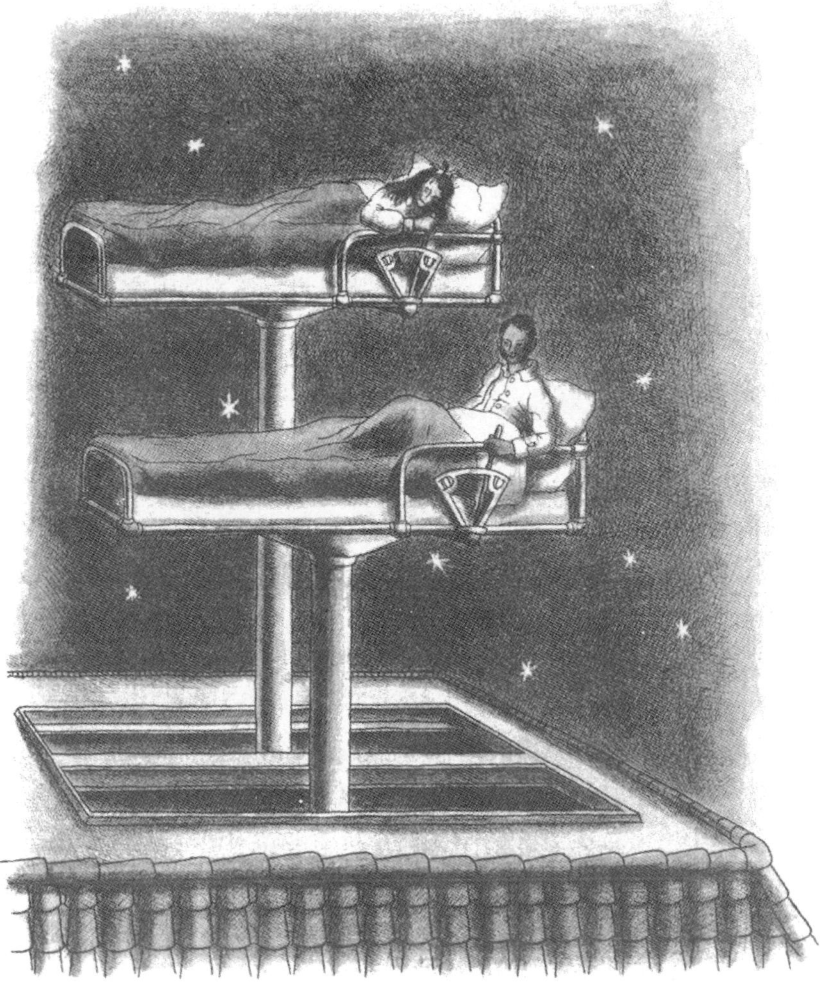

是最突出的几个方面。"

"真是没的说。"我咕哝了一句。但是接下来仔细一琢磨，突然喊道："我是气球驾驶者。必须说，这种效率我可不欣赏。就拿我们看过的作比方吧，你们那镜厅，就是那餐厅，华美壮观，十分典雅，我很喜欢。可那堆机械蘑菇我却一点儿都喜欢不起来。我觉得奇怪的是，为什么机械一进步，好像就要把'优雅离不开从容'这一原则给忘得一干二净呢？这座可爱的海岛如此平静悠闲，为什么你们还硬要把生活搞得急急火火呢？"

"我们很多人的看法和你完全一样，"F先生说，"艺术爱好者都这么看。但是科学家们表达自己的方式不同。你既然是气球驾驶者，如果感兴趣的话，我带你去看一下我们在岛上做的余下两项发明。其中一项是'气球旋转木马'，把两种高度依赖自然力的运动——乘气球和驾船，结合到一起了，你看了一定会感到非常称心。另一项发明的成功关乎到喀拉喀托岛所有人家的身家性命。我一看你的"环球"号，就知道你是一个聪明绝顶的气球发明家。所以对这两项气球方面的发明，你肯定喜欢。"

"女士们，先生们，"威廉·沃特曼·谢尔曼教授突然宣布,"我想宣布休息 15 分钟,再介绍喀拉喀托岛的两项气球发明。这样大家可以借此消化一下我说过的多项发明,我也可以休息一会儿。我想,故事的结尾应该是最激动人心的部分。因为过去一个月你们通过读报也知道了,马上就该讲到喀拉喀托这座可爱的小岛的爆炸了。迄今为止,大家听得非常专注,我对此深表感谢。请 15 分钟后回来听我讲那两项不同寻常的发明,还有那次载入历史的大爆炸。谢谢大家。"

在这 15 分钟里,听众的掌声和欢呼声整整持续了三分钟,然后众人走到外面,舒展一下腰身,呼吸几口新鲜空气。谢尔曼教授自己倒了杯水,一饮而尽后伸展四肢,躺在床上,注视着天花板,准备舒舒服服、轻轻松松地歇上一会儿。

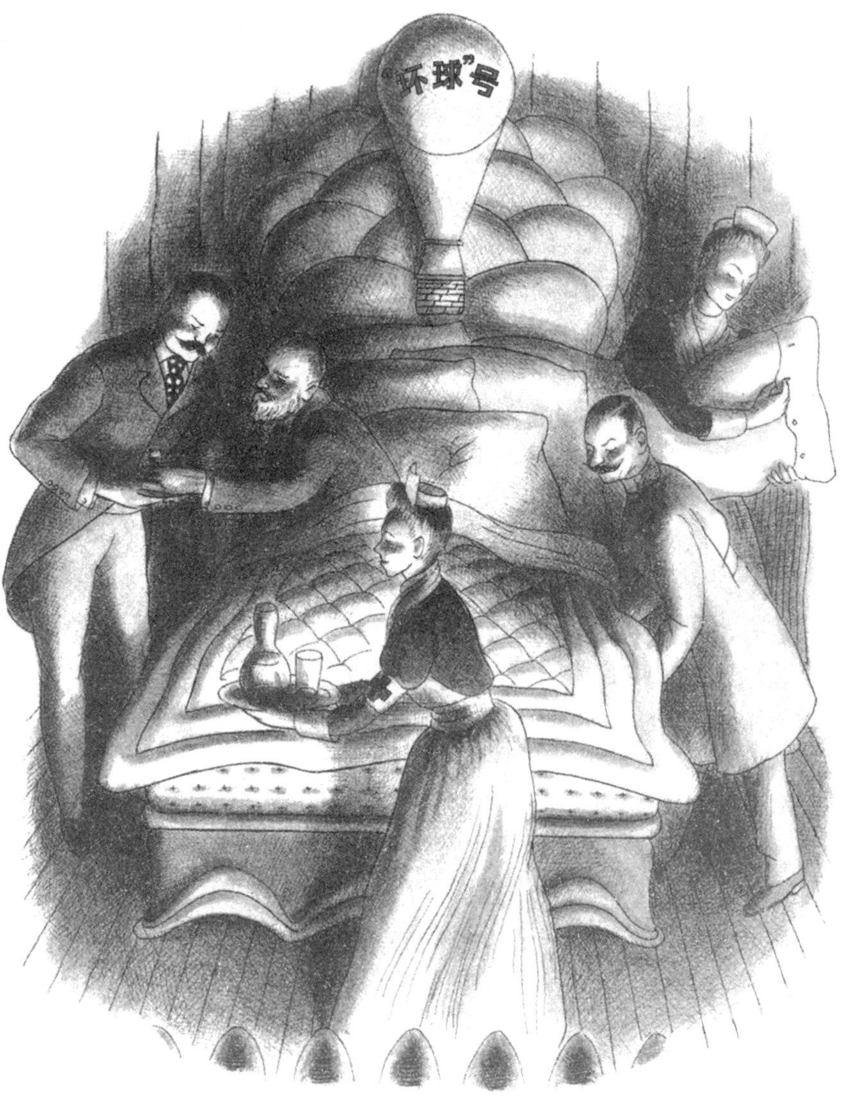
“环球”号

第 八 章
空中旋转木马

休息的时候,市长和旧金山总医院的首席医官急匆匆赶到谢尔曼教授窗前,担心他万一身体不适。"您觉得累吗?"两人齐声关切地问。"要不就明天再讲?"这是市长的声音。"您觉得怎样?"首席医官紧跟着说,"要我们做点儿什么吗?"

"我觉得很好。"谢尔曼教授回答。

"要不要护士来为您换一下瓶里的水?"首席医官对教授关爱有加。

"我觉得没关系,这样喝就挺好。"

"我为您拿点儿营养液来吧?"还是市长想得周到,"补充一下体力。"

"如果您坚持，那只好请便。"教授感到无可奈何。市长一溜小跑，颠儿颠儿地喘着气出去了，而首席医官则忙不迭地为教授掖好床上的羽绒被。其实无论谁，一眼就看得出来——就连市长和首席医官两位大人也清楚——教授所求只不过是在自己提议的休息期间安安静静地歇上几分钟而已。

市长擎着一个小瓶回来了，教授接过一饮而尽。接着，他注视着市长和首席医官，脸上露出微笑："你们也知道，先生们，这对我来说很滑稽。也就一个月以前，我还是一个默默无闻的数学教师，与二位中谁都几乎无缘结识。而现在你们侍奉着我，就像一对训练有素的侍者，谢谢你们的美意。这也表明，气球运动是多么妙不可言。你永远也不知道风会把你往哪儿吹，会给你带来什么意想不到的好运。气球万岁！"他干脆喊了起来。市长和首席医官连声附和，尴尬地干笑了几声，退了下去。

此时，15分钟到了。谢尔曼教授满意地看到听众们悄悄回到了各自的座位上，专心在等着了。礼堂虽座无虚席，但鸦雀无声。满屋子的人都急不可待，想听一下他这番不同寻常的经历的结局。

与此前一样，首席医官服侍着教授舒舒服服地靠在枕头

上。市长走到教授床前,一手扶着床头,转身面对听众说:

"我很荣幸地再次请威廉·沃特曼·谢尔曼教授讲话。"

教授对市长表示了感谢,清了清嗓子,重新开讲了:

F先生领我去看答应我的第一样发明——"旋转木马"号气球。路上,我对F先生说,这项发明的名字听着怎么像是游乐园里的什么东西。"这项发明到底是干什么用的?"

"算是游乐园的一部分吧。"F先生肯定地说,"喀拉喀托岛的孩子们正在为自己筹建一座游乐园。你也知道,我们的孩子们现在是10—15岁。我们从国外远航回来,他们争着帮忙卸货。大约一年前,孩子们突发奇想,如果能专为自己买上满满几船东西回来,该有多好!因为,不管怎么说,矿里的股份也有他们的份儿呀。我们答应每年给他们运回两船货。这样,所有的孩子就开了一个会,确定应当采买的最优选项。已经开工修建的这座游乐园是在他们的计划之内的。'旋转木马'号气球是孩子们自己的发明,设计几乎没用我们帮什么忙。"

"这儿有没有学校?"

"孩子们受的不是正规教育。读写是我们教的,也试着教了一点儿算术。修建我们那些万国风格的房子时,他们也都参加了——这本身就是很好的教育嘛。但是，总的来说，这儿还是很需要一所学校的。你不会就是个老师吧，啊？你身份中那'教授'头衔是怎么回事？"

"教授……呃……是航空学方面的。"我吞吞吐吐地说，"我是教气球理论的，在……呃……旧金山'轻于空气'学校。"我挖空心思编着弥天大谎，觉得脸上热辣辣的。重操教书的旧业，我是真不情愿。我本来就是为了逃避教书才出来旅行的嘛！

"有意思。"F先生不由得感叹，"这就表明了，一个人同自己土生土长的城市失去联系真是要多快有多快啊。得承认，我真想不起来还有这么一所学校。"

"最近建的，"我支支吾吾地说，"实际上才建不久。"因为心虚，我连忙岔开话题，问游乐场里还有些什么游乐项目。

"到现在为止，他们只是设计、建好了'旋转木马'号，但筹划中的项目蛮多的。把游乐场里常见的骑乘项目搬到喀拉喀托岛，大多不现实，因为这些项目会高出岛上的丛林，让人从海上发现。事实上，我们乘坐'旋转木马'号气球之前，一定要仔细搜索一遍地平线，确保没有过往船只才敢出行。一旦发现任何异常，就绝不乘用。看见远处竖的那根高高的杆子了吗？"

"嗯，看见了。"我回答。那杆子笔直，上下一样粗，杆身上盘着螺纹道，就像一只巨大的螺丝钉，差不多得有75英尺高。

"那就是'旋转木马'号的一部分。'旋转木马'号就围着这根轴转，边旋转边升高。"

"不怕让人在海上看见吗？"

"是的，有可能。但一根长杆子还不至于引起过往船只太多的注意。"

我们来到一小片棕榈树林，同我前一天看到的那种养护得整整齐齐的林子一样，草坪是新修剪过的，而不是常见的丛林灌木。我们在林中穿行了约100码，看到一片空地。空地中央竖着的显然就是"旋转木马"号了。环绕竖杆底部的是八艘小船，经船首和船尾连接在一起。在通常船上安装桨架的地方，是一左一右两副铜环，一根长杆穿过两只环的中央。八根长杆全汇集到"旋转木马"号的垂直主杆上，是用螺丝分别固定在主杆轮毂上的。轮毂就是套在主杆上的一只大铜环。每条船上都盖着防护油布。F先生掀开一条船上的油布让我看。这些船都是小巧玲珑的龙骨帆船，结实坚固，一看就知道经得起风浪。船帆都整整齐齐地码在储物柜里。我没看到有桅杆，但是显然留出了安放桅杆的地方。每条船的旁边都是一只没有充气的、被漆成淡天蓝色的大气球。空地的一边是一座竹子搭建的小棚屋,让我想起了自己的吊篮屋。棚屋外面的墙上挂着八根丝质软管,都盘得整整齐齐的,排成了一排。棚屋顶上有一口钟,爬着梯子可以上下棚屋。

F先生朝小棚屋走去,进到屋里,再出来时手里拿着一个望远镜。他爬上梯子,爬到小棚屋顶上,开始仔细搜寻四周水天一线的远处,显然是在看有没有船。"你愿不愿意冒险飞一次?"他邀我了,"今天天气很理想。"

"我是个气球迷,自然乐于接受。但我毕竟66岁了,必须承认心里还是有些忐忑的。这安全吗?"

"绝对安全。"F先生打着包票,"你不会以为发明还不靠谱,我们居然就敢让孩子乘着上天,对吗?"

"我想你们不致如此。"我放心了,"我相信,凡是借风力和气球驱动的发明肯定都很有意思。"

"很好,那就这样。"F先生说,接着把屋顶的钟当当敲响了。钟声产生的效果就像放学回家的钟声一样,会让孩子心神荡漾。只是这钟声比那还要让人快乐、激动得多。我们身边很快就聚了一群孩子。他们好像用不着解释,一进空地就围着"旋转木马"号忙个不停。他们从所有的船上撤去油布，卷得整整齐齐的。四个孩子跑进小棚屋准备好了氢气机和充气泵。另外八个孩子抓着丝质软管，一头接在小棚屋的氢气机上，一头接在气球上。气球被小心翼翼地摊开，在地上铺平了。船上各种网和绳具都在一旁堆放得规规矩矩，为的是避免气球充气时绞缠在一起。慢慢地，气球开始被注进氢气。靠近充气泵的气球充得快一些，它们慢吞吞地升离了地面，孩子们在一旁目不转睛地盯着，不时拽一拽绳子，免得它们缠在一起。不久，所有的气球都鼓着飘起来了，把被绳子拴在地上的小船向上拉得紧紧的。40个孩子全部到场，摆弄着"旋转木马"号，工作效率极高，尽管明摆着船上只有14个人的位置可供出行。每艘船能坐两个人，总共16个座位，但F先生和我就得占去两个。谁去谁留，孩子们之间是不存在争议的，一定是此前已有某种出行安排了，全体都会严格遵守。我尤其注意到，船只准备停当以后，上船的孩子中间没有B–1和B–2的踪影。我猜是因为当天是羔羊月的B日，他们在家里的英式肉排店还有好多事儿要做。我与F先生的儿子F–1同乘一条船，F先生与另一个孩子同乘一条船，就坐在我们对面，中间隔着长杆。"这样'旋转木马'号上的重量可以均衡一些。"F–1说。

地面上，每条船旁边站着两个孩子。我们上船后，他们

小棚屋　　　　　　　　　　　　铜环

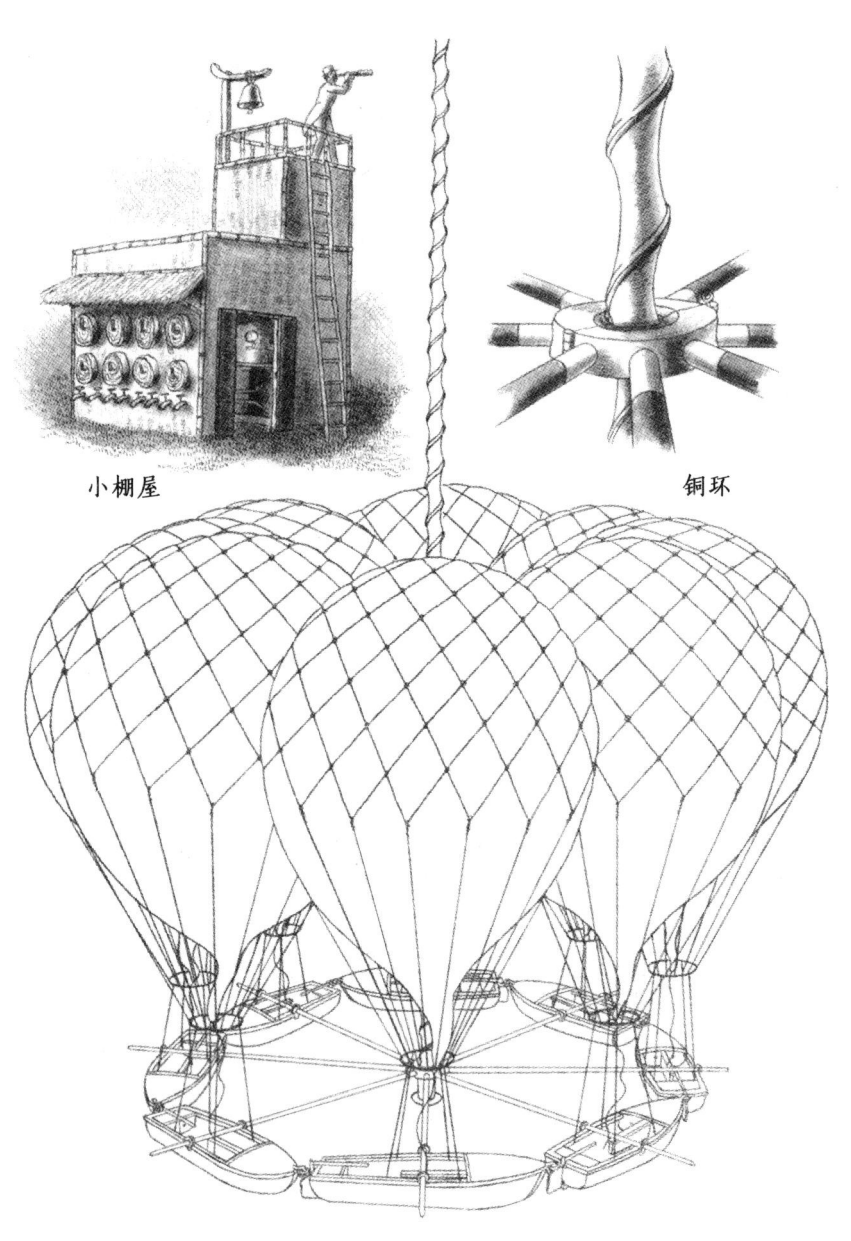

放置于地上的"旋转木马"号

就把丝质氢气软管拔下,卷着回到小屋,仔细挂好;接着又回到我们这儿,一人拽住一根绳子,一个站船首,一个站船尾。船上的孩子中有一个拿着一只空弹枪,就是田径运动会上发令的那种。这时他起身喊了一声,声音清晰而响亮:"各位都准备好了吗?"

只听一声震耳的尖叫:"准备好了!"其中也夹杂着 F 先生和我低沉的声音。一听到这个信号,站在船边的孩子不约而同地猛拽了一下绳子,好像是为了让船与地面脱钩。然后他们绕着竖杆朝我们前进的方向跑起来,让我们启动得漂亮而迅速。

八艘船连在一起,形成了轮子的边缘。从铜制桨架上穿孔而过的八根杆子相当于轮辐。轮辐接在一个大铜环上,也就是轮毂上。这座巨大的"旋转木马"号绕着 75 英尺高的竖杆旋转,竖杆上像螺丝一样盘着螺纹,杆身直指蓝天。气球拽着这八艘船,边绕着巨大的螺丝不停地旋转,边徐徐升空了。木马升得越高,旋转得便越快。竖杆经过充分润滑,接近杆顶时,旋转的速度已经很快了。"我们是不是要迅速给气球放气,然后再顺着相反的方向绕着竖杆转回到地面?"

"当然不是。"F-1 自豪地回答,"我们是要从竖杆上飞出去，飞到空中。"

"到了空中，我们该怎么控制这只大飞轮呢？"

"你等着瞧好了。"

我们很快就升到了竖杆的顶端。此时"旋转木马"号挣脱了竖杆，蹿向空中。我们立刻在小岛上空凌风飘荡起来。气球还在迅速上升，当然，同时也在不停地旋转。我必须承认，与以往乘坐气球的经历不同，这种兜风确实令人兴奋，感觉畅快无比。现在我看到了各艘船是怎么保持平衡的。每艘船上都有一个孩子手里抓着开伞索。每当有一艘船翘得比其他船高了，就拉动开伞索，缓缓放出氢气，直到各船再次齐平为止。

"如果你们需要不断地释放氢气以保持'旋转木马'号平衡的话，"我对F-1发表自己的判断，"你们只能做短途飞行。"

"是这样的。"F-1回答，"我们能飞多远，取决于许多条件，比如气象条件平和啦、各条船载重均衡啦、开伞索控制得巧妙啦，等等。可是你得知道，"他又补充道，"这'旋转木马'号不是用来出远门的，是用来短途兜风玩儿的。"

"哦，没错。"我应道。

此刻，"旋转木马"号直奔火山而去。我看出来了，我

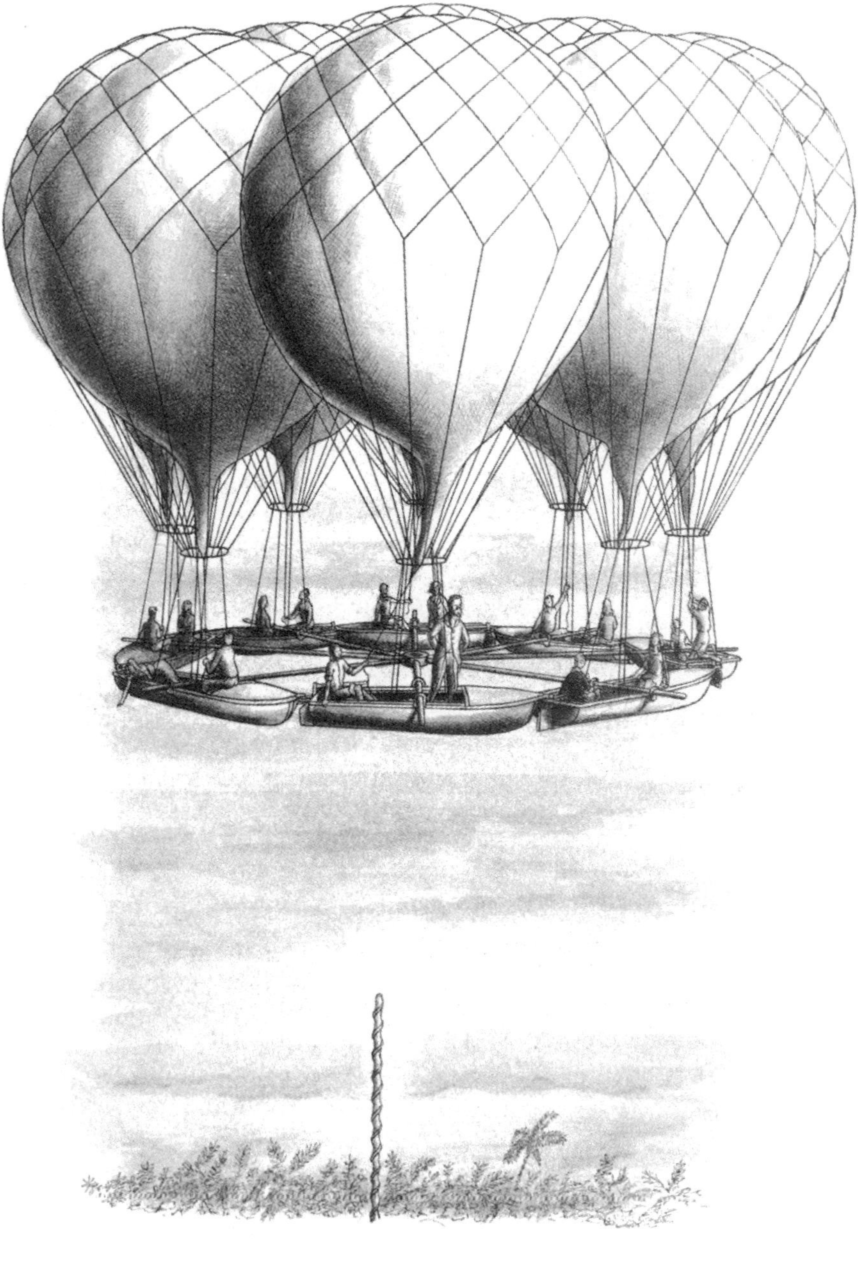

们是要飞临火山上空的，于是便问F-1有没有危险。

"没有危险，就是很遗憾，因为这意味着飞不远了。"

"为什么？"我急忙问。

"因为巨大的火山口里积聚着热空气，热空气形成了某种真空。飞临火山口的时候，'旋转木马'号会被吸着急剧下降。为了控制它，保持平衡，我们需要消耗掉大量的氢气。"

"这不危险吗？"

"不危险。"F-1倒很沉着，"到达火山的时候，我们还会爬升，完全可以在相当的高度上飞越火山。乘坐'旋转木马'号兜风唯一的危险就是，气球降落在陆地上或山坡上，最糟的是，假如一点儿风都没有，掉在火山口里。喀拉喀托是个小岛，只要有点儿风，就会把'旋转木马'号刮到海上的。木马刚造好的时候，我们曾在一个无风天出行。我们直线升空以后，转了一小会儿，便逐渐下降，落在一片棕榈树林里了。没人受伤，但是有几条船受损，还有一个气球刮破了。打那以后，我们只在有风的天才冒险出行。"

火山近了，我趴在船边，望着下面的火山口。火山口里，一股灰色的浓烟在滚动盘旋。我感觉就像在盯着一个

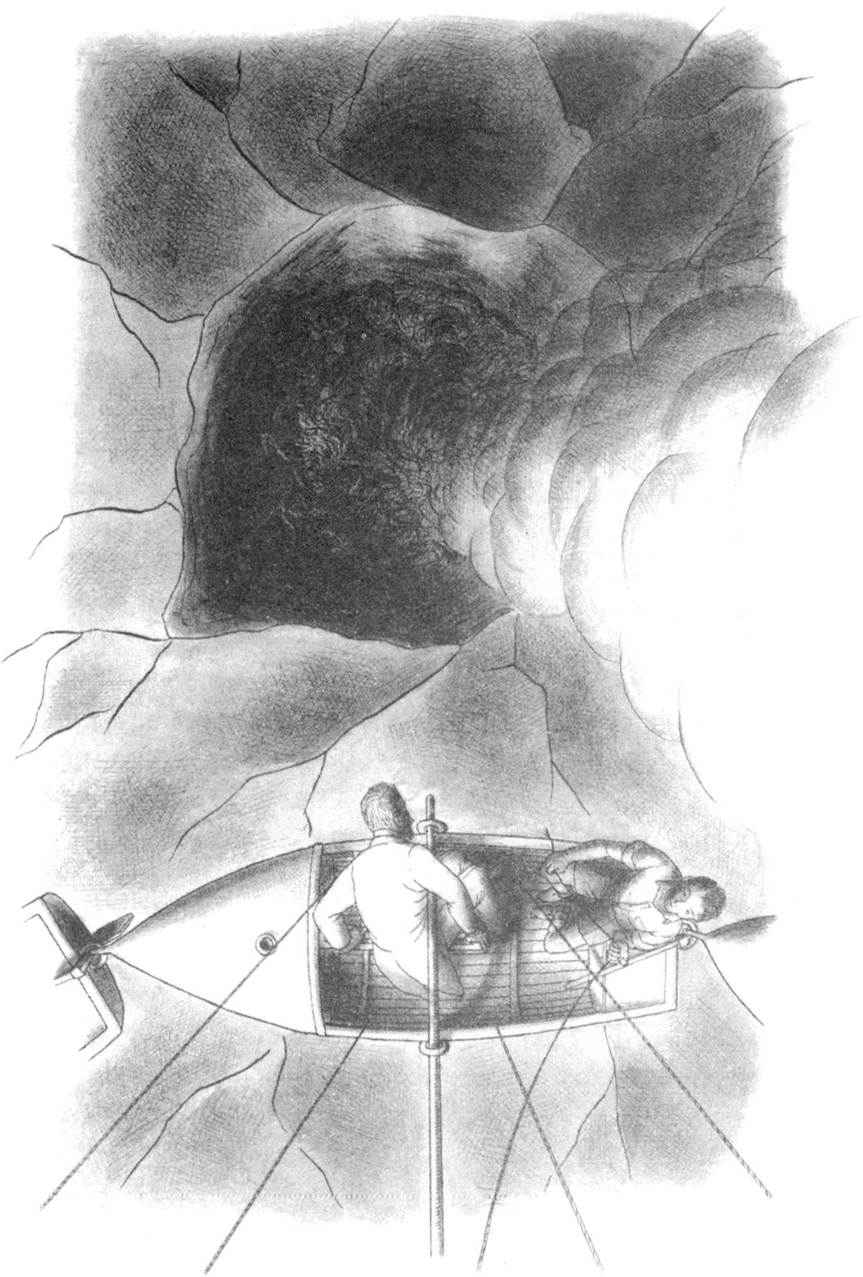

阴森可怕的深坑，满坑的大象在蹒跚、翻滚。当我们飞到火山口正上方时，一股热浪扑面而来，夹杂着硫黄味儿，让人窒息。"旋转木马"号开始在坑的上空急剧打转，手握开伞索的孩子们，目光穿过我们这只巨大的飞轮，紧盯着自己对面的船，拼力让木马保持稳定、平衡。我抓紧船边，向外探出身子，可以直接看到火山口的内部。在烟雾略微散开的地方，看到的是一湖浓稠的熔岩，沸腾着，泛着泡沫，缓缓地流淌。这情景让人看着想吐，十分可怕。我的身子探在船外时，"旋转木马"号突然急速下坠，接着又左右摇晃起来，孩子们慌忙将其稳住。我想我肯定是吓得深吸了一口气，肺里全是一股热辣辣的硫黄味儿。"旋转木马"号的转速依然很快，在空中颠簸摇摆得也很厉害。我急忙把脑袋缩回船里，闭上双眼，在船底躺了下来。我的耳朵里满是底下火山的轰鸣声，夹杂着氢气从气球里泄出的嘶嘶声。我觉得想要呕吐，任何人在这种情况下都可能会这样的。幸好，我们很快飞离了火山，空气又变得清新、宁静了。我坐起身来，感觉好多了。

"说实话，先生。"F–1说话了，他显然能看出我刚才差点儿把一肚子英式早餐吐出来，"我那一阵儿也差点儿吐了。今天早晨这火山似乎异常狂暴，但愿这不是个坏兆头。"

二十一只气球

我把这话当成了安慰,一个年轻的气球驾驶员对一个差点儿出洋相的老气球驾驶员的安慰。我则谦逊地表示,对自己的行为真的不好意思。

坐着这艘旋转飞艇在海上飞行完全是一种享受。有一半时间,你是在饱览太平洋的壮美风光,而同时,"旋转木马"号每转一圈,你又可以细细欣赏一遍脚下喀拉喀托岛的全貌。从空中看去,小岛很美,植被繁茂、温暖、柔和。火山看上去既令人畏惧,又让人兴奋。万国风格的各式建筑富丽堂皇,就像绿毡上摆放的一栋栋精美的玩具屋。那栋喀拉喀托岛钻石房子像一颗宝石,晶莹闪亮。小岛精心修剪的腹地和四周未修剪的丛林的对比很明显,这一点从我们坐的船上一览无遗。整个小岛看起来就像一个规则式园林[1],四周则灌木丛生,无人修整。

经过约 35 分钟的飞行,我们来到大海上空。孩子们娴熟地操纵着开伞索,一点一点地降低旋转木马的高度,把它稳稳地落在海面上。在水中,我们又转了一整圈,才慢慢停了下来。"啊,"我不禁感叹,"这无疑是我有幸经历的最刺激、最不同寻常的旅行。"

船上的孩子们、F 先生,还有我,都情不自禁地朝后一

---

[1] 规则式园林是一种呈现出人为控制下的几何图案美的园林。——编者注

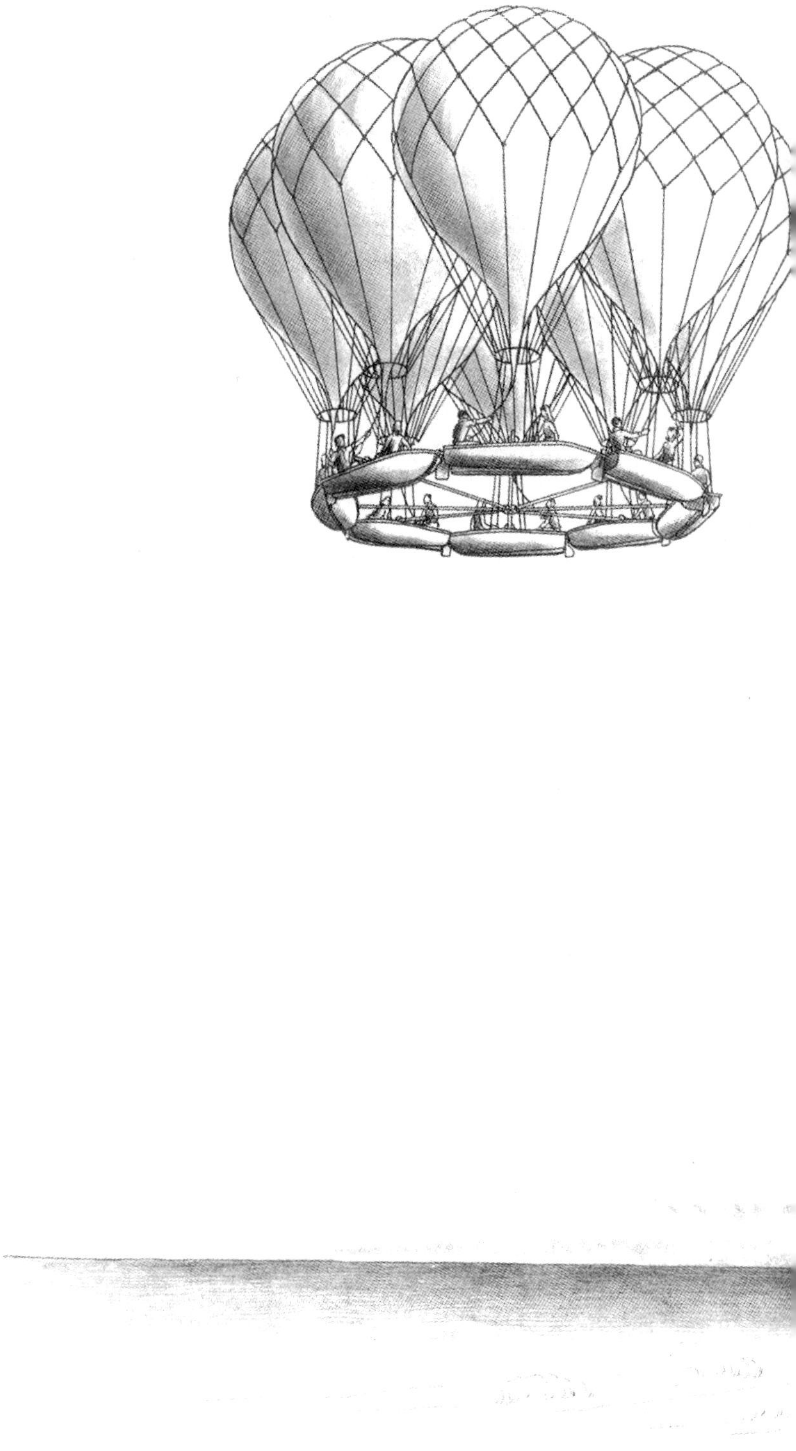

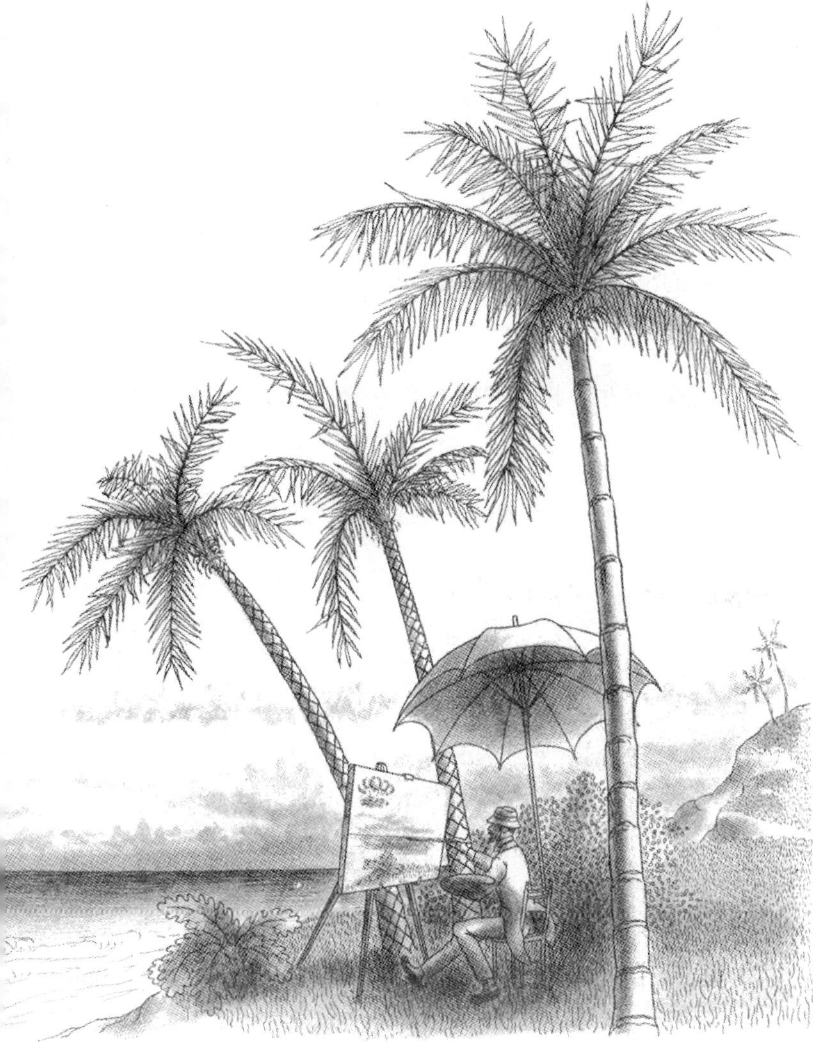

the Twenty-One Balloons

仰,在阳光下放松了一会儿,仰望着半瘪的、随风前后摇晃的气球。突然,一个男孩子——就是开枪发令的那个——起身下令了:"好了,各位,出发吧!"

随着这一声令下,其他孩子腾地起身,仔细把气球里残留的氢气放干净,小心翼翼地不让它沾上一点儿水,一一叠好放在船里。他们先把气球纵向折叠,再从顶部卷到底部的出气口那儿,这样就把残留的气体挤得干干净净了。气球也整整齐齐地卷成了一小束一小束的。然后他们打开船上存放船帆的小柜,取出船帆后,再把叠好的气球放进去。现在,每条船都有一面主帆了。

"这些船都连在一起,就像一个轮子似的,你们怎么驾驶呢?"我不解地问,"再就是,你们拿什么当桅杆?"但我很快就意识到自己问得很蠢,因为话没说完就已经看出门道来了。

这些孩子先是把首尾两头的绳索解开,让船与船之间相互脱钩。解开后,船还是被八根长杆固定着的。八根长杆相当于大轮子的辐,显然也是驾船时用来当桅杆用的。孩子们两两攥住一根长杆,朝着中心的轮毂一齐用力猛推,直推到长杆的一端从船上的铜制桨架环里滑落出来。这时,长杆的另一端仍然被螺丝固定在轮子中间的铜毂上。于是，还是两人一根，孩子们拧动螺丝，把长杆从另一端卸下来。只有一个孩子没有动手卸螺丝，就是那个屡屡发令的孩子。只见他等到最后，才把长杆连同轮毂一块儿抽上船，卸下了轮毂，单独放到一个储物柜里了。这样，每条船上都有桅杆了，只要插到杆孔里就行。F先生和我使出浑身解数，只想和大家干得一样利落。不一会儿，主帆高高地升起来了，我们马上可以驶回岛上了。这一发明虽然简约，却缺了一根帆桁[1]。于是，我们就放下了龙骨，将其标齐。看得出来，按照惯例，这一路是要赛着船回家的。负责发令的少年掏出手枪。砰的一声，大家马上乘风破浪飞驶在回家的路上了。我怕自己帮不了F-1多少忙，反而碍手碍脚的。我们的船花了七分钟，落在了最后。所有的船都泊在一个码头上，就在隐秘的港湾中的那艘货轮旁边。大家都上岸集合了。F-1告诉我，他们管发令的那少年叫"值日船长"，每个孩子都会轮流得到这一荣誉。

　　值日船长对大家宣布，鉴于这是我第一次乘坐"旋转木马"号气球，此次帆船赛成绩不计入正式的成绩单。F-1听后立即发出一声欢呼，让我顿觉无地自容。值日船长把

---

[1] 使船帆完全伸展到底，且能依风势调节帆的角度的长杆。——译者注

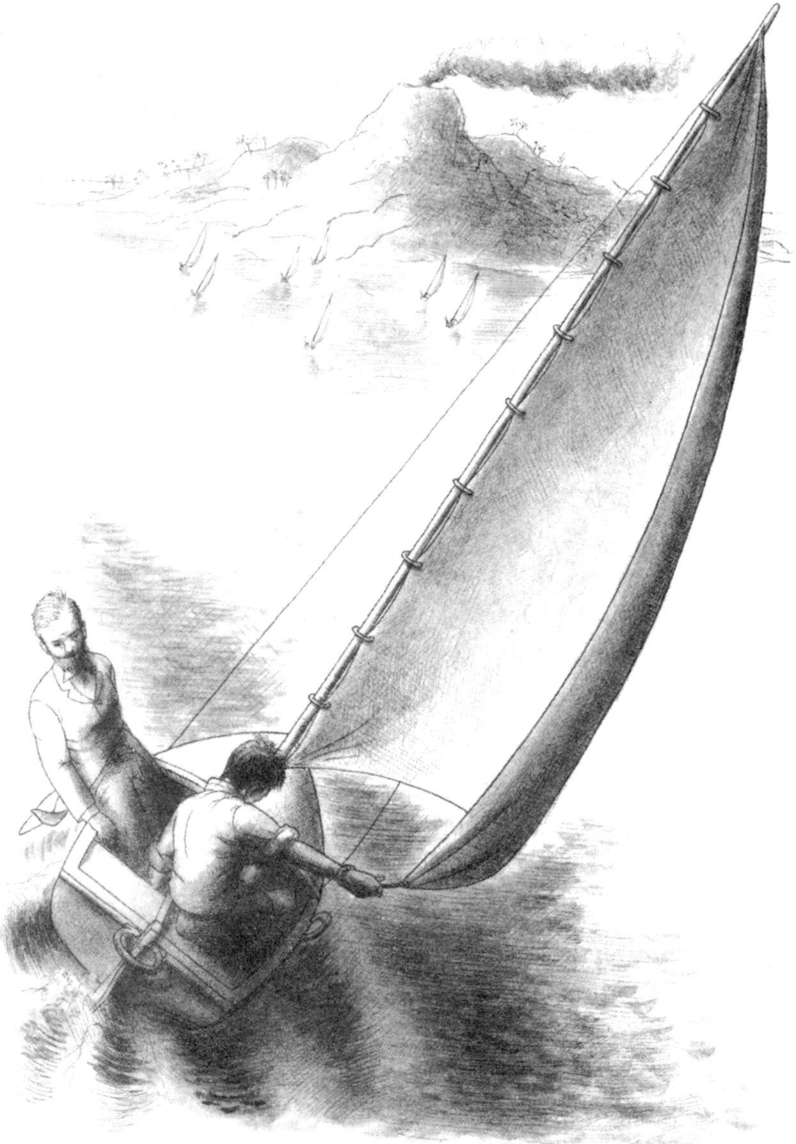

我叫到一边，态度彬彬有礼。他说，既然我无意中成了喀拉喀托岛的公民，依他看，还是学一点儿帆船驾驶为好。我当即保证一定会学的。

接着，值日船长宣布，晚饭一结束，立即将"旋转木马"号在飞行竖杆上重新装好，会议即告解散。"我希望大家都来帮忙。"他说话时朝我这边看了一眼，目光是严肃的。

教了40年书以后，突然要听一个孩子的吩咐，这种破天荒的角色转换不能不让我觉得好笑。看来，我是真摆脱了自己厌恶的那套刻板的学堂规矩了。

"我会去的！"我的回答十分响亮，逗得孩子们冲我直笑。

整趟旅行花了大约五个小时，因此我们错过了午饭时间。我在B家的肉排店狼吞虎咽地吃了一顿丰盛的晚饭，就同F先生一起赶往飞行竖杆那儿了。值日船长站在小棚屋的屋顶敲响了钟，把孩子们集合起来，五人一组，共计八组。（B-1和B-2还在家里忙。）每船五人，只用了不到半小时，我们就把"旋转木马"号重新安装完毕，又可以出发了。但是，在这神奇的岛上又忙碌了一天，我得承认，此时只想倒头美美地睡上一觉。

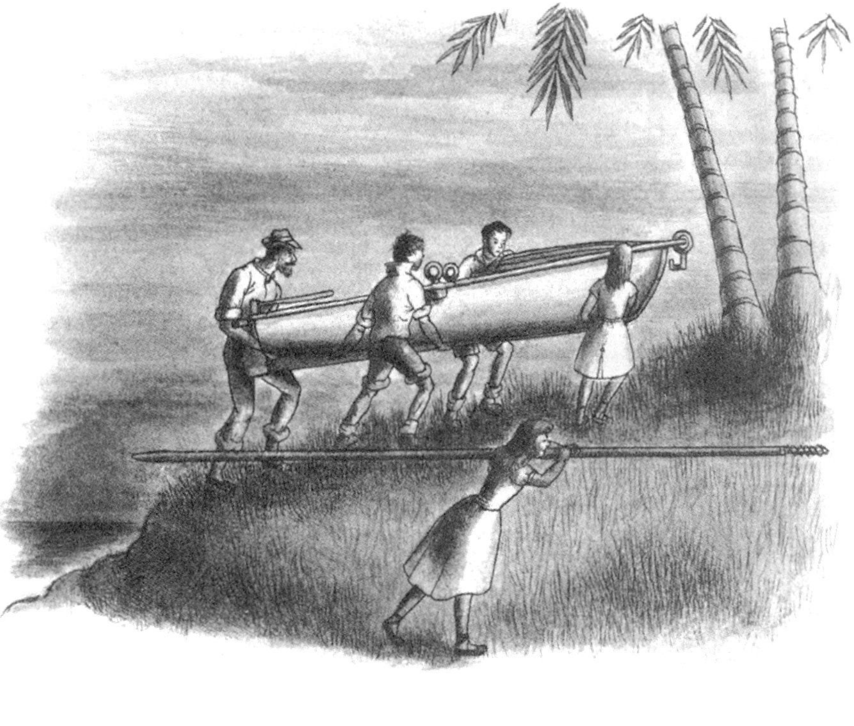

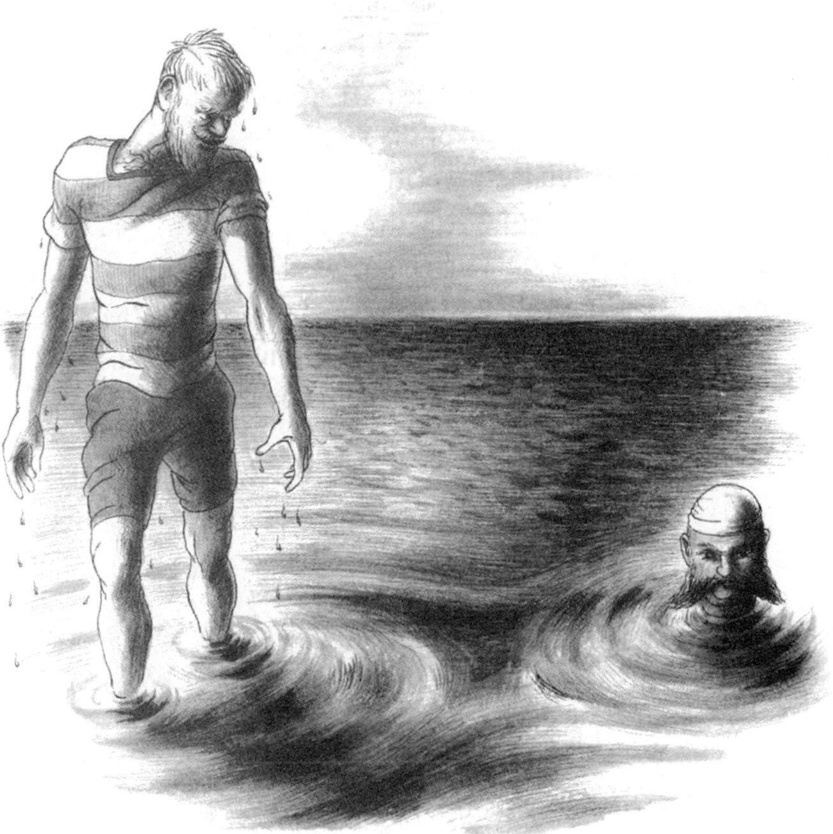

第 九 章

关于巨型气球救生筏

第二天早上,我同其他喀拉喀托人一起在 C 先生的中国餐馆吃了早饭。说实话,在 C 日,我都不清楚每顿饭到底吃了些什么。我不太喜欢东方饮食,甚至也不敢问吃的是什么,担心真知道了到底是什么,再听人一分析,会加剧原本每餐必生的忐忑。我注意到,好多孩子也都心不在焉地拨拉着盘子,同样一副狐疑的样子。我也学他们,只吃一部分,比如把烤杏仁用叉子小心地从表皮抠下来,剩下的不吃。F 先生责怪我,说我一看就胆怯、挑食。他鼓励我,想享受美食,就得拿出点儿勇气和毅力,敢于尝试。我向他保证,在餐馆政府的管理下生活,我很想成为一个有造诣的美食家,但是希望能有一段较长的时期,逐渐达到这一境界。

早饭后，F先生问我想做什么。我告诉他，自己在岛上的身份是永久性的客人，没事可做，所以越来越想像在国内家里度假那样生活。在旧金山，像喀拉喀托岛的羔羊月C日这样一个炎热的星期天，我最有可能做的是去海滩游泳。我向F先生建议去游泳，他觉得这主意很好。于是我们就穿上游泳衣，披上泳袍，穿过丛林外围，朝一片精心开辟的漂亮的珊瑚海滩走去。我是A日下午到达喀拉喀托岛的，现在是C日的上午。在这么短的时间里，我已经习惯了在不停乱颤的地质环境下四处走动。这么快就"不晕山"了，我感到很吃惊，也觉得颇为得意。

到了这片小海滩，我暗暗把它和家乡的海滩做了比较，觉得这海滩很有趣。因为大海虽风平浪静，但海滩却在上下起伏。

"在这儿游泳是什么感觉？"

"很棒，"F先生说，"你会感觉到的。"

我走到水齐腰深的地方，体验到的是一种妙不可言的感觉。脚下的沙质海底随地表慢慢隆起，最后我发现连脚都从水里露出来了。接着，海底又开始下沉，最后水竟漫到了脖颈处。我站在原地不动，一会儿被水淹没，一会儿又升出水面；被灼热的热带阳光暴晒几秒钟，重新又浸入清凉的水中，一直淹到脖颈处；上上下下，出出进进，根本无需我从站着的地方挪动半步。F先生比我往里多走了两步，到了水更深的地方。地面降到最低的时候，他的身子会完全被水吞没。接着，地面又一点儿一点儿升起，最后只有膝盖以下还在水里了。这一降一升好像让他很开心。水升到腰部的那一阵儿，我会乘势前扑到更深的水中游上一回。没游多远就觉得肚皮下的沙子托着我升出水面了，那是一种很奇怪的感觉。F先生劝我，得尽量走远点儿才能游得畅快。"你该尽量往远处走，走到脚下的地面升到最高时，水只漫到你腰那儿才可以。"我照他说的做了，边走边"狗刨"几下，走出了老远，痛痛快快地游了一阵子。

回到沙滩上，F先生和我决定晒日光浴。他向我介绍经验，说最好由着地面的颤动，听任它把你翻来覆去，不要硬用一个姿势躺着。我们这样做了，身体的每一面都恰到好处地让火热的太阳烤了一遍。这个上午过得很愉快，我当即决定天天来这里游泳、晒日光浴。

前一天晚上，我从F先生那儿借了一张地图，睡觉前在上面找到了喀拉喀托岛。我发现它处在苏门答腊岛和爪哇岛之间的巽他海峡，距离这两座大岛差不多都是25英里。我盯着地图，尽力追溯自己这一路乘"环球"号的飞行轨迹。我吃惊地发现，有多少次我都险些在陆上降落。我一定是从菲律宾南端的棉兰老岛和西里伯斯海上的西里伯斯岛[1]之间飞过来的，也一定整整一个晚上都是在婆罗洲[2]上空飞行，差点儿没撞上山，有好几次眼看就触着地了。想想如果我在充气软垫上安然入睡，"环球"号却在婆罗洲撞了山顶，我被猛然摇醒……此情此景，真令人不寒而栗呀！太平洋是世界上最大的水体，而喀拉喀托岛面积只有18平方英里，是太平洋上最小的海岛之一。我原本是准备在世界上最大的大陆——亚洲——着陆的，却悄然绕过了那么多小岛，在大洋上飞了几千英里，最后却落在这么一小片土地上。假如有一位船长受命跨越太平洋，比方说前往中国吧，结果却在喀拉喀托岛上了岸，那他就会被解除职务，与自己的船无缘了。但是对于气球驾驶者来说，我这种经历就司空见惯了。只有当你到达距离原定的目的地不到100英里的地方，那样的气球旅行才被认为是不寻常的呢。我不

---

[1] 西里伯斯岛：苏拉威西岛的旧称，是印度尼西亚中部的一个大型岛屿。——编者注
[2] 婆罗洲：一般指加里曼丹岛，是世界第三大岛，该岛属于印度尼西亚、马来西亚和文莱。——编者注

由得浮想联翩，想到气球旅行给人带来的自由和惊喜，以及前一天下午乘"旋转木马"号的绝妙飞行，觉得这一切是那么惬意。接着我又突然想起，"旋转木马"号可是一个庞然大物。天晴的时候，它高悬在空中，无论从爪哇岛还是从苏门答腊岛，在我看来人应该都能看见。日光浴的时候，我向 F 先生请教这个问题。

"对这个，我们倒不怎么担心，"他说，"这里面有好几个原因。首先，'旋转木马'号的颜色是淡天蓝色的，因此太远的地方不容易看见。另外，'旋转木马'号最远也就飞五六英里，不会太靠近爪哇岛或苏门答腊岛的。还有，这座火山以喷出各种奇形怪状的东西而闻名，从远处看，旋转起来的气球和船只就像一团环状的蓝色烟雾。不过，我们之所以不担心'旋转木马'号被人发现，还有一个很重要的原因：在 1877 年，也就是我们来这儿的第二年，火山有过一次剧烈的喷发，把位于苏门答腊岛和爪哇岛境内的巽他海峡沿岸的居民都吓坏了。两座岛上的居民都向内陆迁移了大约 25 英里。整个喀拉喀托岛全境都在疯狂摇晃，巽他海峡掀起了滔天巨浪——以岛为中心，向四处奔腾汹涌，巨浪席卷了爪哇岛和苏门答腊岛的各个海岸，吞没了许多房屋。海浪发出的巨响让人胆战心惊，掀起的海浪造成了巨大的损失，居民从各岛的尖端落荒而逃。我们有理由相信，没有人敢在我们方圆 50 英里内居住。"

"我的天啊！"我惊叫道，"那这场大爆发对你们这些人就没有什么影响吗？你们可是正好住在岛上啊！"

"影响当然很大，当时很多人住的小房子像纸牌屋那样轰然倒塌了。没人受伤，尽管有好多人震得失去了知觉，或者因为猛然被掀翻在地而喘不上气来。火山爆发的声音似乎在岛上还不是很可怕。我想，正是因为我们就在岛上，可能反而觉得爆发声不是那么难以忍受了。如果紧挨着发射的大炮站着，与隔着大炮 50 英尺远相比，轰鸣声对你的影响反而小得多。后来我们振作起来，去帮助那些需要帮助的人，开始忙着重建家园了。"

这番话引出了另一个我一直感到费解的问题。"凭着一捧钻石，你们在任何一个国家都可以过上阔绰舒适的日子，"我问 F 先生，"为什么却非要待在这座休眠的火山上呢？"

"你这问题很难回答，我确实找不到符合逻辑的答案。这让人想起一连串同一性质的问题，比如，为什么哪儿的百万富翁都赚钱没个够呢？为什么他还要设法再挣 100 万呢？为什么身家几百万的富翁总想着挣满10亿。10亿，这可是一辈子都花不完的天文数字！只要钻石矿的秘密守得住，我们喀拉喀托岛的20个家庭就足以富甲天下。钻石矿对我们具有一种特殊的吸引力。我们不可能在任何其他国家幸福地生活，我们会终日魂牵梦绕，惦念着落在岛上的这笔闻所未闻、难以置信的巨大财富。但是，我们不可能把钻石——就是所有的钻石——运到另外一个国家，那样钻石的价值就该贬到一文不值了。我们成了自己贪欲的奴隶。我们画地为牢，将自己囚禁在一座钻石铸成的监狱里。而另一方面，我们在这儿又很幸福。我觉得，一想到自己比史上所有的弥达斯[1]、那巴布[2]、克里萨斯王[3]加起来都有钱，仅凭这一点就足以让人神魂荡飏，而这种神魂荡飏也促生了喀拉喀托岛魔咒，使得我们不想离开了。"

"但是，在我看来，你所称的这种魔咒好像有点儿不合情理。原因很简单，因为它违反了人性中的一种意愿，这种意愿要远大于致富的意愿——这显然就是生存的意愿。日

---

[1] 弥达斯是希腊神话中的佛律癸亚国王，精通点金术，后成为富翁的代名词。——译者注

[2] 那巴布是在印度发财成为巨富的欧洲人。——译者注

[3] 克里萨斯王是公元前6世纪小亚细亚的吕底亚国的最后一位国王，非常富有，后泛指富翁。——译者注

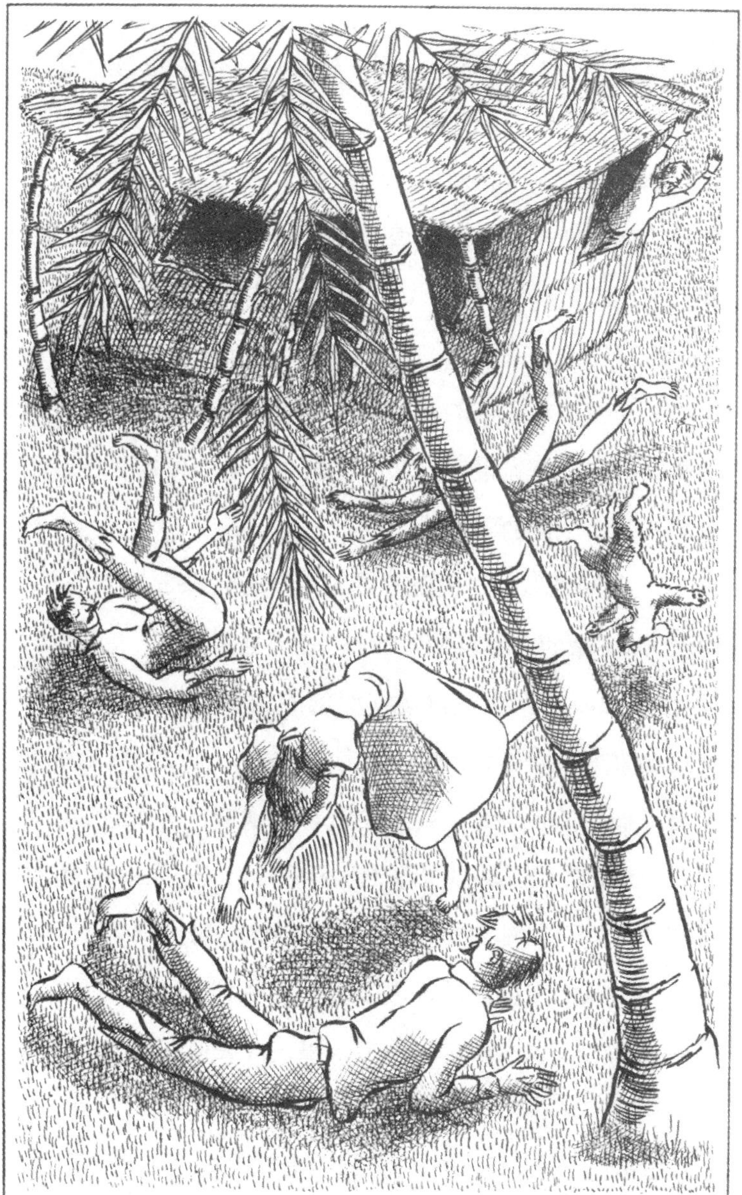

夜处在被炸上天的威胁下，你们怎么可能在这里生活得幸福呢？在我看来，整座岛就像一只塞满了炸药的火鸡。此时此刻，地面不紧不慢地托着我们一上一下，显然这就是熔岩活动的结果。一旦地表开裂，太平洋冰冷的海水就会灌进来。想想那情景吧！冰冷的海水会猛然与熔岩碰到一起。这空荡荡、隆隆响的外壳刹那间就成了火炉上的一壶沸水，一壶壶盖紧盖的沸水！喷发的蒸汽产生的压力足以把整座岛的顶盖掀翻。这样的爆发是不会有幸存者的。那时候钻石救得了你们吗？"

"这种可能我们再清楚不过了。你这么一提，我也感到惶恐。我们是准备这样应对的：

"如果事情发生得真像你所说的那么突然，那这儿没有人会来得及考虑或弄清出了什么事儿，那就意味着死亡是毫无痛苦的。但是，如果能有一个预警——我们希望会有——大家就可以从喀拉喀托岛迅速逃出去。只要有 10 分钟的时间就可以逃离海岛，大家都会安全地前往另一个国家。因为我们有办法逃，再加上喀拉喀托岛已经说不上有多久没喷发了，这两个因素加起来，才使得在此生活下去成为可能，尽管随时都面临着灭顶之灾。"

"那怎么逃呢？"我追着问，"是不是货轮老得打着火，随时准备起航？"

"货轮没有十多分钟的时间是开不走的，"F先生说，"不能靠货轮，得靠我昨天答应带你去看的另一项发明。这项发明我们一起精心搞了好几个月了，是在1877年大爆发后立即动手搞的。我们要靠它逃命，但是因为它体积庞大，还有动力问题，直到现在也无法试航。不过，出岔子的理由是不存在的。我这么说，指的是'纸上'找不到理由。它的处女航就会证明自己的价值。这是一座飞行平台，一座巨大的平台，大到足以接到火山预警后10分钟内将我们全体都迅速送入空中。"

"一座平台载得了20个四口之家吗？"我禁不住问，"这可就让'飞毯'[1]变得轻而易举了。你们怎么让它飞离地面呢？"

"用气球。"F先生回答。

这一想法让我来了兴致。将80条性命托付给气球这样一种变化无常、难以预料的旅行工具！这个想法虽让人害怕，但又十分有趣。

"为了一项气球方面的发明，你们全都甘冒生命危险，

---

[1] 在阿拉伯神话《一千零一夜》以及关于古代以色列国王所罗门的传说中，都有关于可升空并迅疾飞往别处的飞毯的描述。——译者注

这一点我十分佩服。不久前，我还以为喀拉喀托人贪得无厌，精于算计，与传统上那种乏味的亿万富翁一模一样。现在我却发现你们都是无可救药的浪漫派。告诉我，20家人哪，这么大的重量，怎么让它飞上天？"

"你说什么？"F先生说，"我们还不至甘愿冒险，把性命押在一件不靠谱的运载工具上。气球平台必须成功！只能成功！不可能不成功！过来，让我告诉你。"

我走到F先生躺着的地方，在他身旁坐下，看着他在沙滩上画出了平台的草图。画完后，他低头看了一遍，又沿着平台四周画了20只气球。平台是长方形的。他在沙滩上写了几个数字。"我不清楚平台本身的实际重量，"他开始解说，"它用的是世界上最轻的松木，为了这，我们特地从南美进口的。平台上的每一根横梁的分量都很轻，铺设的地板之间还留出了间隙，为的是能够再轻一些。环绕平台的围栏用的是空心木头——所以整个木质结构已经轻得不能再轻了。在给你详细解释之前，我想说清楚的一点就是，给你开出的全是整数。为保证装置确有把握，也留足了误差。这样一来，计算出的气球升力比它的实际升力要小一些，实际载重量也要比计算的大一些。从事气球方面的发明，设计不可能做到绝对精确，很多时候

取决于大气状况、所用氢气的纯度以及气象条件。我尽量给你整数吧。"

"我明白。"我说。

"气球平台是由 10 只大气球向上拉动的,每只容积为 32 400 立方英尺。还有 10 只小气球,只有大气球一半大,每只容积 16 200 立方英尺。大气球飘在小气球的上方,小气球夹在两只大气球之间,这些气球绕着平台,按一大一小排列。大气球位置高,小气球低,就是这样。"

"明白。"我应道。

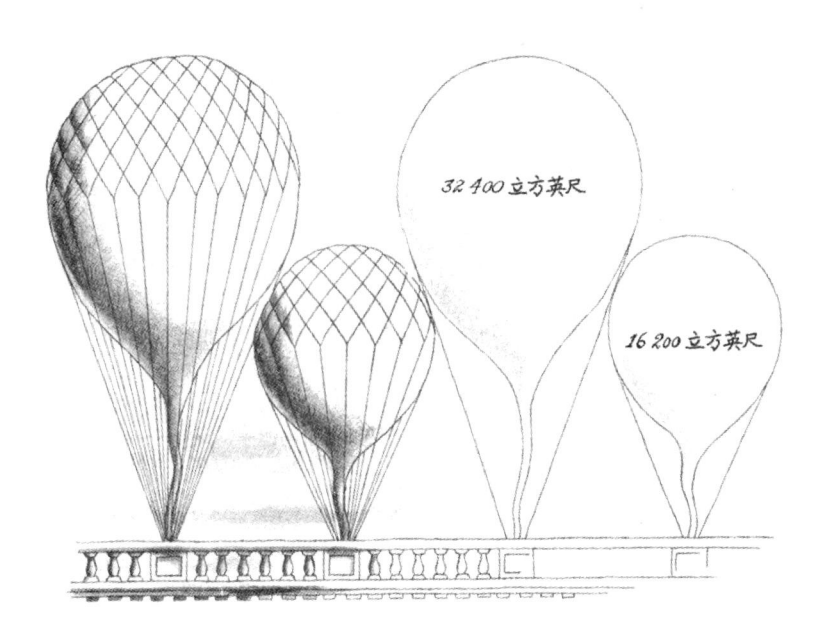

the Twenty-One Balloons

32 400 立方英尺

16 200 立方英尺

"20 只气球需要加灌的氢气总计 486 000 立方英尺。游离氢的升力约为每千立方英尺 70 磅。20 只气球加起来，升力总计 34 020 磅。"

"你估计 80 个人加起来能有多重？"

"这个嘛，"他说，就着沙滩又写下一组数字，"80 个人按性别划分，一半是女人；按代际划分，一半是孩子。在这种情况下，人均体重定为 130 磅这个数字比较稳妥。80 个人一共重 10 400 磅。别急，还有呢，你的体重是多少？"

"尽量用整数吧，"我回答，"180 磅。"

"好,"F 先生说,"那就是 10 580 磅了,还余下 23 440 磅用以承载整个平台的重量。"

我觉得这听起来都蛮合理的。"但是,我还有一点不放心,"我说,"你们怎么可能让充满氢气的气球连同平台十分钟内就升离地面呢?"

"这曾是我们最感困难的问题。随我来吧,我带你去看一下平台,了解一下为什么我们认为已经解决了迅速逃离的问题。"

我随即穿上浴袍,跟着他穿过丛林外围,走了好一阵子,我们来到一块空地。这块空地在岛上算是距离火山最远的地方了。那个巨大的平台就坐落在这里。此时,我记起前一天在"旋转木马"号气球上看见过。当时从空中看的时候,我还以为这是个什么室外舞池,中间是个露天音乐台呢。被我误看成音乐台的东西实际是一个巨大的钢制圆筒。

F 先生领我看了四个大木桶。气球平台有四面,每面各侧立着一只木桶。桶上伸出软管,连接到气球上,F 先生称之为"草叉式连接",即软管刚离开桶时是粗粗的一根,接着就会分叉成几根细管,每根都连着一只气球。

"这就是我们认为已经解决了迅速升空这个问题的理由。"

他开始介绍了,"压缩氢气。这几个大桶每个内含 30 万立方英尺的压缩氢气,形成压力为每平方英寸 1 600 磅。氢气是储存在钢制圆筒里的,圆筒浸没在大桶里的水下,这样可以把泄漏降到最低,也可以防止炎热的阳光直晒到圆筒上。一旦发生紧急情况,我们全体会迅速赶往平台。上了平台,一家人要集中站在一只气球旁边。此时,四只大桶的大出气阀完全开启了。每家人都得仔细侍弄着气球,防止气流的强力涌入造成气球的撕裂或缠结。小气球先充气。每只气球旁都有一个控制进气阀的操纵杆。当小气球充满四分之三的时候,阀门会关闭。小气球的阀门关掉后,大气球的充气速度会加快,因为压力全作用在大气球上了。"

F 先生捡起一根软管让我看。每根软管上都有一个球窝接头连接器。他解释说，需要 150 磅的拉力才能在连接器处将软管拆下。"每根软管里都有这个连接器。20 根软管总共需要 3 000 磅的拉力。起飞前，气球平台不是被绳子拴在地面上，而是由这些软管向下拽住的。气流不断地涌入气球，平台会随着慢慢升离地面。此时，会有 3 000 磅的拉力作用在这 20 根软管上。接下来，平台便从软管连接器处挣脱开来，好像被猛推了一把，一飞冲天。每个球窝接头连接器里，球那一端都有一个阀门。阀门张开时会使氢气在压力下进入气球。但是当软管与大桶的连接切断时，阀门关闭又能防止氢气外泄。气球平台升空后，软管会被拽上来，接到平台自备的小型压缩氢气罐所附的软管上。此后控制飞行就要靠平台上的氢气了。"

"你们是如何控制平台飞行的呢？"

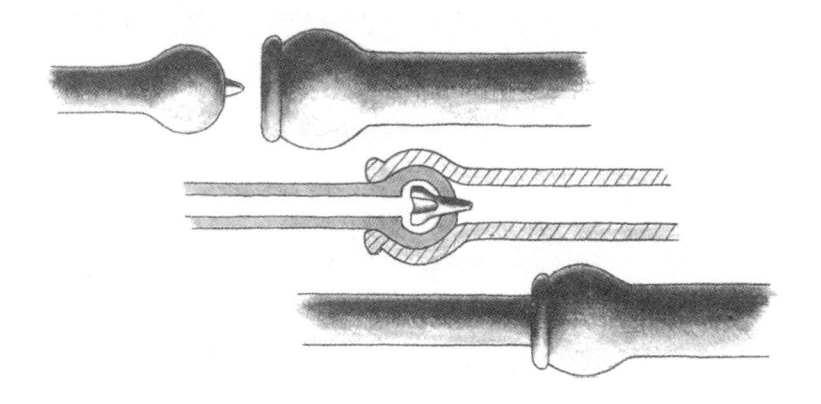

"向气球里添加氢气，我们就可以上升到一定高度。把软管与平台氢气罐切开，然后释放气球中的氢气，我们就可以让平台降落。按照常理，往哪儿走，完全取决于风。但是，因为我们有自备氢气，只要有点儿风，再加上最起码的运气，就不存在什么理由不让我们飞得很远很远。"

"那你们是如何保持平台的平衡的呢？"

"按照设计，基本与我们保持'旋转木马'号平衡的方法是一样的，只是程序得倒过来。乘坐'旋转木马'号时，我们并不想飞远，所以就得从过高的一端放气，让高端与低端持平来保持平衡。而在气球平台上，我们是给低的一端加气，使其升高，与高端持平。这样，整个平台就会上升，而不是下降。在平台上，每家人都要站在自己的气球旁边，这样才能使承重分布得较为均匀。我刚才让你看了，每只气球旁都有一个操纵杆，是用来控制气球的进气量的。每家都由男孩子掌控操纵杆，因为他有摆弄'旋转木马'号的经验。当发现自己家的气球比别家的气球低了的时候，他就会加气，让气球与别家的持平。"

我在平台上转悠着，脚下的地板很有弹性，透过板与板之间的空隙，可以看到地面的绿草。我想象着，这巨大的平台凌空飞翔时，透过板缝俯瞰脚下的城市该是一幅什么

情景。乘着这么个庞然大物，同 80 个人一起穿越苍穹，是多么可怕，又多么难以置信呀！气球叠放得整整齐齐，盖着防护油布。我看了看其中的几个，很气派，表层是橡胶，底下垫着一层漂亮的丝绸。每个气球都涂得五颜六色的，堪称色彩斑斓。我不禁浮想联翩，想到异国他乡的人们，猛然抬头瞥见飞行平台会有什么反应；看到平台上白色的格状地板，一圈风格典雅的栏杆，还有倚栏凭眺、衣着阔绰的喀拉喀托人——看到这一切会有什么反应；还想到平台上方会飘着 20 个靓丽的气球，这么一艘巨型飞船居然能悄无声息地突然现身，也会令人惊骇不已的。气球在飞行的时候是没有声音的。任何其他形式的交通工具行进时，或多或少都会发出声音，告诉你什么样的交通工具要来了。甚至船也会在最平静的水面上掀起阵阵浪花。气球却是悄然无声的，只是偶尔或许能听到风擦过绳索那幽灵般的尖叫。要想旅途更舒适，那只有乘坐比飞艇还要轻的交通工具了。

"真要飞临任何国家的上空，气球平台一出现，肯定是赏心悦目、招人喜欢的。"我表达着自己的看法。

"设计时，我们在它的外观上花了很大功夫。"F先生说，"其实用不着像我们这样，费那么大劲儿，把木栏杆镂空，精雕细刻，或者在气球的着色上投入那么多精力、心思和时间——围栏轻便、简单点儿，气球外观朴实点儿，平台照样可以飞嘛。但是，万一要在其他国家降落，我们仍然希望，作为海外来客，还是喜气洋洋地宣告到达，受人欢迎为好，不要让人生疑，以为我们是乘着空中特洛伊木马[1]的

---

[1] 此典故出自古希腊神话。攻打特洛伊城的希腊军队收兵时，故意在城外留下一只巨型木马，特洛伊人将其作为战利品运回城内。晚间，潜伏于木马内的20名希腊士兵杀出，与城外的希腊军队里应外合，夺得特洛伊城。特洛伊木马今为西方文化中常用成语，意指内应，寓意为堡垒最易从内部攻破。——译者注

入侵者。顺便问一句,"他说,"你有降落伞吗?"

"当然没有。"我回答,"在'环球'号上,我把所有东西都扔出去了。我根本没带降落伞,觉得用不上。"

"这里的每个家庭都有一顶家庭降落伞,那是我们的又一项发明。造家庭降落伞就是为了降落时一家四口能在一块儿。"

"气球平台不能着陆吗?"

"很难。"F先生说,"第一,很难找到一块还算平整的地面,降下这样一艘大飞艇;第二,气球里的氢气不会那么快就释放干净,这样就难免被风吹着、拽着,在野地上刮擦。放气要一点点地放,才能恰到好处地平稳落地。但是在气放净以前,风还会拖着我们跑,平台会被撞得粉碎,危及大家的生命。所以,我们是不敢冒险坐平台落地的。我们打算精心选好前往的国家和降落地点之后就跳伞——万一需要乘平台外逃的话。谢尔曼教授,我劝你还是尽快去弄一顶降落伞来。"

"在喀拉喀托岛,到哪儿去弄呢?"我问。

"去找找M太太。家庭降落伞就是她和她丈夫设计和制作的。我相信,她那儿剩下的丝绸足够为你做一顶普通的。"

我们一起去了M先生的摩洛哥房子。我向M太太说明了自己的来意。

"哦，当然可以，"她很爽快，"我可以为你做一顶，但是得用大约两个星期。我也不知道你是否急用，但愿不会吧。"她笑着说。

"当然不会，"我挺高兴，"您慢慢来——一点儿也不着急。"

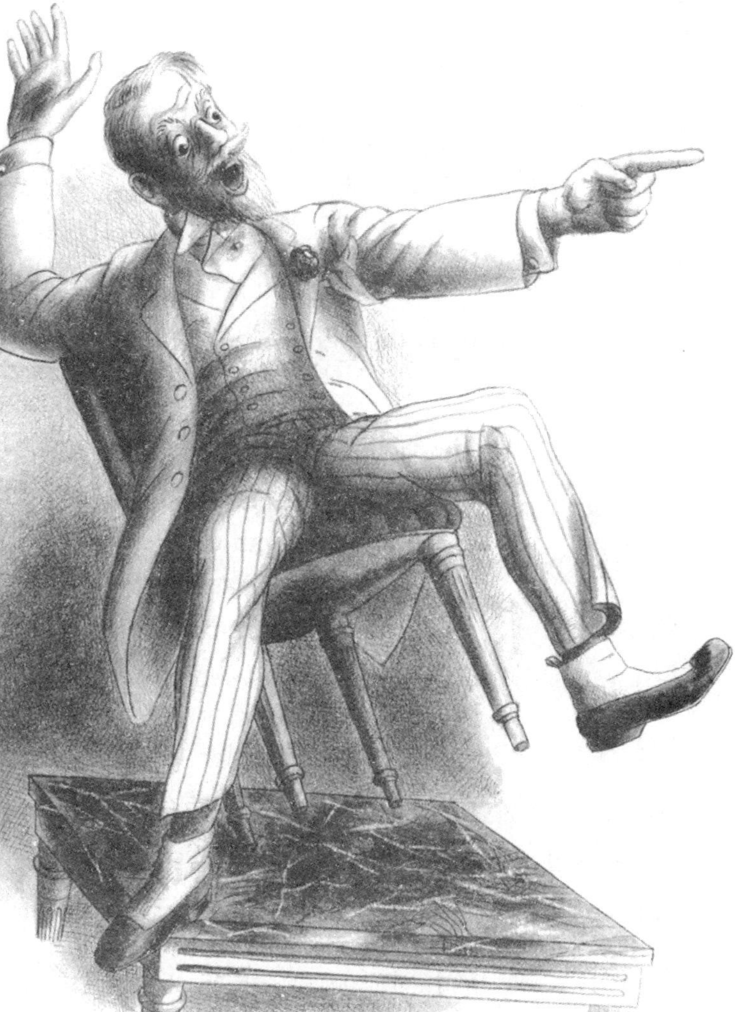

第 十 章
上去还是得下来的

1883年8月26日的上午，也就是喀拉喀托岛羔羊月的D日，我过得和前一天上午一样，还是在那片赏心悦目、小巧精致的珊瑚海滩游了泳、晒了日光浴。在C先生家的中餐馆将就了一天后，今天早饭改在D先生的荷兰餐馆，这次我胃口大开，吃得津津有味。这顿早饭包括好几杯热巧克力，这是我有幸喝过的最浓郁、最香甜的热巧克力。因为吃得过饱，我不敢下水游泳，到海滩后只是同好友F先生晒了一个小时的太阳。我得意地发现自己晒黑了。我第一次经历暴晒是光着身子狼狈地爬上喀拉喀托岛的那天，乘"旋转木马"号兜风的那天算是又晒黑了一层，而前一天上午在海滩上晒日光浴让我变得更黑了。我很快失去了原先那种相对白皙的肤色,这肤色让人一眼就能把我和喀拉喀托岛的同胞们分辨出来。

"到现在为止,"F先生听由地面的起伏将他滚到我身边,"你问了我好多问题,我也尽自己所知做了回答。我想,现在你已经了解了该了解的有关岛上生活的一切。现在,我想请你跟我讲一下我的家乡旧金山,凡是你认为够得上新鲜事儿的都讲给我听一听。你刚从旧金山来,而我已经离开那儿七年多了。"

"这没问题。"我笑了,接着就琢磨该怎么讲最好。我是当老师的,自然被乏味的城市生活方式束缚得紧紧的,但又确实认识了不少人。我教的是10到15岁的孩子,喀拉喀托岛各家的孩子也是这个年纪。因此,我断定我教的孩子的家长一定也是F先生这个年龄。所以我对他讲述旧金山的口气就像一个专写社会题材的专栏作家,说起这些人来就像最亲密的朋友,讲这些人如何举行聚会、组织演唱、看戏吃饭,以及凡能记起的与他们一起参加过的任何社交活动。事实证明这是个绝妙的主意,因为我提到的有些人他认识,或者听他在喀拉喀托岛的朋友谈起过。我认为,人的思乡,思念的主要不是街道和建筑,而是对自己的社会关系的眷念,朋友啦、亲戚啦,等等。每当我提到他的一位朋友时,他的眼睛立刻就亮了,连珠炮般地追着我问个不停。当我一五一十地说出他们孩子的细节、经历和趣事时,他流露出了惊奇。"你一定是喜欢孩子的。"他断定,"他们上课玩儿花样、搞恶作剧,你好像还觉得好玩儿,甚至会感到同情。"我还是不想告诉岛上任何人自己以前是教师。但是,如果同F先生说起他在旧金山的朋友,我记得最清楚的当然还是他们的孩子。对于孩子,我每天不得不去迁就;大人呢,我只是偶然登门拜访,而且拘谨得难受。所以我只好硬着头皮说:"是的,我一向喜欢孩子。"

我继续讲,提到不少F先生认识的人,讲了许多回忆起的有关他们的事。应当说,F先生是个擅长聆听的人。他原本平躺着,后来渐渐用胳膊肘撑起了身子,显然被我讲的完全吸引住了。"等等,"他打断我,"我原本不想打断你的,但此刻我有个好主意。这儿的所有人都是旧金山来的,我想,他们听到自己朋友和孩子的事儿,会跟我一样激动不已。你能不能考虑一下,午饭后在饭厅里给我们所有人这样讲一讲?"

"我当然非常乐意啦。"

"那太好了,"F先生高兴地说,"你简直想不到他们多么喜欢听。我们在这儿聊天,聊着聊着话题就绕到旧金山去了。我们已经好几年没听到老朋友们的确切消息了。"

我们下海游了一阵儿,在太阳底下晒干身体,然后回到F先生家中。我换衣服的时候,F先生已经挨家挨户地跑去告诉大家我要讲话的消息了。我也很高兴,用这种简单的方式,也许或多或少能报答一下大家对我的盛情款待。

午饭十分可口,是量足的爪哇咖喱米饭,这是荷兰人在荷属东印度群岛[1]的吃法儿。喀拉喀托岛其实就属于荷属东印度群岛,当然,荷兰人从不屑于在岛上驻足。我们吃了不少米饭,一大杯一大杯地喝着妙不可言的日本凉茶。刚晒过日光浴,我浑身热辣辣的,美味的热咖喱又让我的五脏六腑变得暖暖和和的,再加上几杯茶提神,我觉得周身温暖舒适,也来了谈话的兴致。

F先生只等D先生一家把桌子清理干净,便搬了把椅子放到桌上。他让大家安静,以十分亲切随意的口气介绍了我这个演讲人,接着目光投向我,用手指了指椅子。我爬到桌子上坐下,等到20家人都安顿妥帖后,就开始讲了。听众的反应令人惊讶,我十分满意。每次提到一个新名字,听众中就至少会有一张面孔绽放出光彩。有人用肘

---

[1] 荷属东印度群岛曾经是荷兰的海外殖民地,于1949年独立,现为印度尼西亚。——编者注

轻推邻座,有人会心地微笑,还有人则因去国怀乡而神色黯然。随便这么一聊,就好像给这些人带来了由衷的欢乐,这一点让我非常喜欢。说话的时候,所有的眼睛都目不转睛地盯着我,而我则环视全屋,留心捕捉对新提到的每个名字的反应,同时盘算着接下来该讲些什么。我无意中扫了一眼窗外,注意到地面的颤动好像比往常厉害一些。作为岛上一个新来的,起初我也不知道这是否仍属正常,只能接着往下讲。现在回忆起来,当时我讲了三个多小时,才被一突如其来的惊天凶兆打断。我注意到,地面颤动得越来越剧烈了。我下意识地看了一下表。地表颤动,原本每小时里会有几分钟完全停顿的。那天下午却一直不停地颤了两小时,而且越颤越厉害。这不能不让人看了心惊肉跳,我立即提醒众人注意。大家都转过头往窗外看去,有的人似乎一点儿都不慌,而有的人显得心神不定。我已无法处之泰然。M 先生走到窗口向外张望了几分钟后说:"我觉得没什么值得大惊小怪的,不管怎么说,我们多数人家在 1877 年都经历过房屋坍塌了嘛。"

"可那是些简陋的小房子呀。"T 先生有些惶惶然了。

"我知道,但它们也是有钻石地基的。眼下这栋房子连一点儿颤动的迹象都看不到。请你继续讲吧,谢尔曼教授。"

  他的话似乎让大家放心了许多,尽管我觉出,与刚才相比,自己说话有些心不在焉了,也注意到听众中已是人心躁动。突然——当时那情景我至今历历在目,如同第一次看到时一样——对面的墙慢慢地、但又几乎一声不响地裂开了一道大缝,阳光猛然投了进来。我平生从未经历过这样的恐怖和凶险。抖落下的灰泥粉让房间里的每个人都蒙了一脑袋。靠近开裂墙壁的几扇窗户咔嚓一声被挤开了。原先窗子都是关着的,为的是火山每日的轰鸣不至影响我讲话。现在,透过开裂的墙壁和残破的窗户,轰鸣如惊雷滚滚,传进屋里。

the Twenty-One Balloons

M先生一个箭步冲到我坐的桌子前,跳上来,吼着吩咐大家:"听我说!女人和小孩全都立即跑往平台,把气球的遮布扯下来!男人跑步回家,拿上降落伞(此时听到'降落伞'几个字,我觉得头上挨了一闷棍),火速赶往气球平台!6个15岁的男孩子拿好不管D太太准备的什么晚饭,也火速赶往平台!"他用力击了几下掌,房间立马就清空了。这时M先生又转对我说:"这个我们都演练了上千次了,别慌,谢尔曼教授。我有信心不会出岔子的。用不了15分钟我们就离开了。听我说,"他补充道,"此刻你是唯一没有具体工作的人。我们当初都在一个口袋里缝了不少钻石,口袋就附在家庭降落伞上。现在你为什么不拎只小桶,想法儿到矿里抓几把钻石呢?几颗大的就足以让你高枕无忧了。但是,如果危险,千万不要靠近钻石矿,谢尔曼,不要靠近钻石矿,如果……"最后,他是在我身后冲着我大声喊了,因为我刚明白他的意思,就疯了似的撒腿往矿上跑。结果不走运,我白跑一趟,靠近火山是没指望了。我知道自己只有十几分钟的时间,就是给气球充气的这么点儿时间。我拼命跑——地面的震动把我摔在地上——爬起来又拼命走——我蹒跚着,晃里晃荡,挣扎着——结果又摔了一跤。最后我只好改为爬了,但是大地的轰鸣和起伏又弄得身子翻来滚去的。我抬起头，眼巴巴地望着前方的火山，立时明白了，这么点儿时间是不可能赶到了。我只好一咬牙把桶扔掉，转身穿过村子，改朝平台跑去，一路上身子晃着，深一脚浅一脚的，走不了几步就摔上一跤。我算是最后一个在地面上见证了喀拉喀托村的末日的。在村里，我恰好亲眼看到喀拉喀托岛的钻石房子玉碎后轰然倒地，化为一阵碎玻璃雨。M 先生的摩洛哥房子，连同那些汇聚了种种奇思妙想的发明，葬身在熊熊烈火中，看上去就像一块巨大的葡萄干布丁，明摆着这是由那间电气化起居室里的电器短路造成的。等我赶到气球平台时，平台上的软管已经抻得紧绷绷的，眼看就要起飞了。这时，许多只手忽地朝我伸过来，我也慌忙伸出自己的手——就在气球平台即将抽身而去的一刹那，我的胳膊被人死死抓住了，好不容易被拖上了平台。我还记得一声接一声的砰砰作响，接连 20 声，像开香槟一样，球窝接头连接器全部断开。81 名喀拉喀托居民迅疾腾空而起。

起初一段时间，平台上乱作一团，女人叫，孩子哭。男人们手忙脚乱地把软管往氢气罐上插。掌控操纵杆的男孩子大声催着男人们快点儿，因为他们急着要把平台摆平。我们径直向火山飞去，平台飞得歪歪斜斜的，让人很不舒

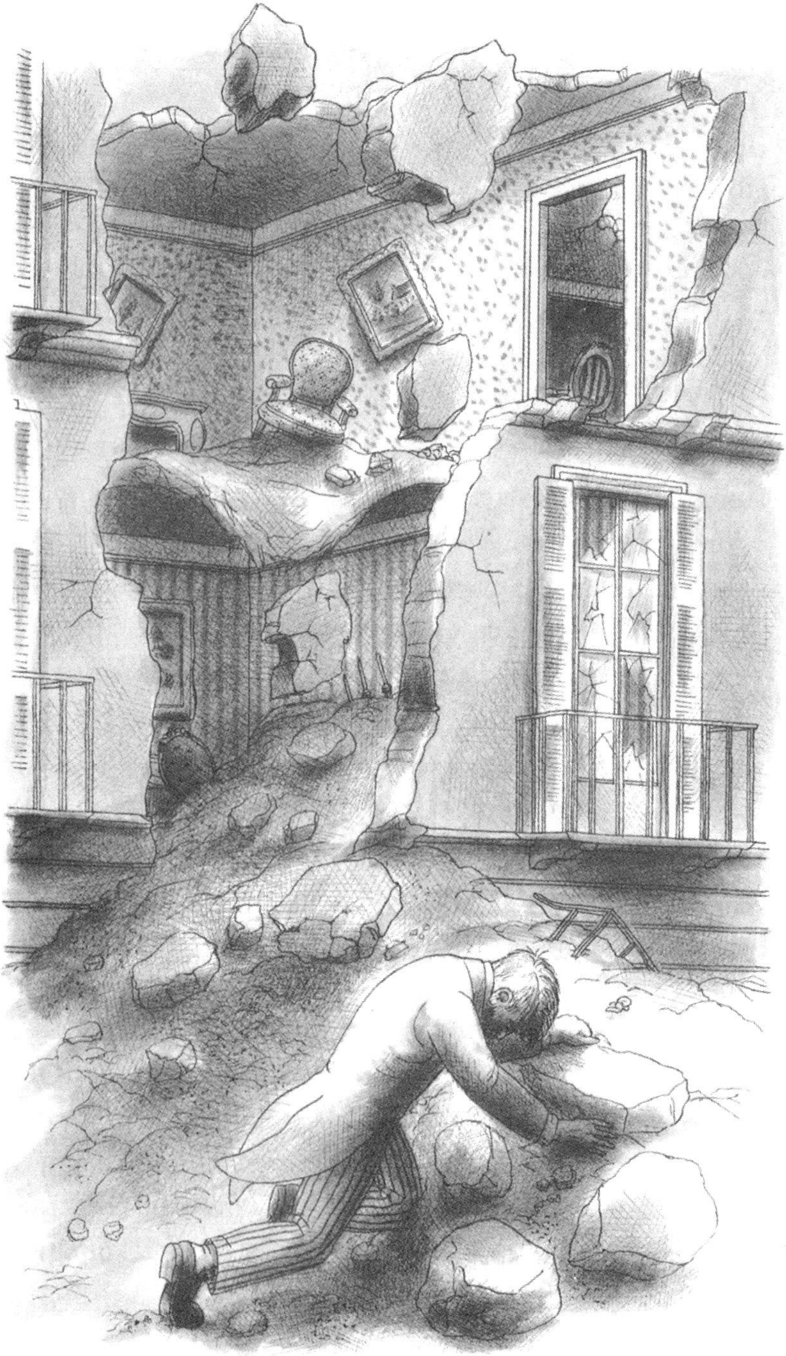

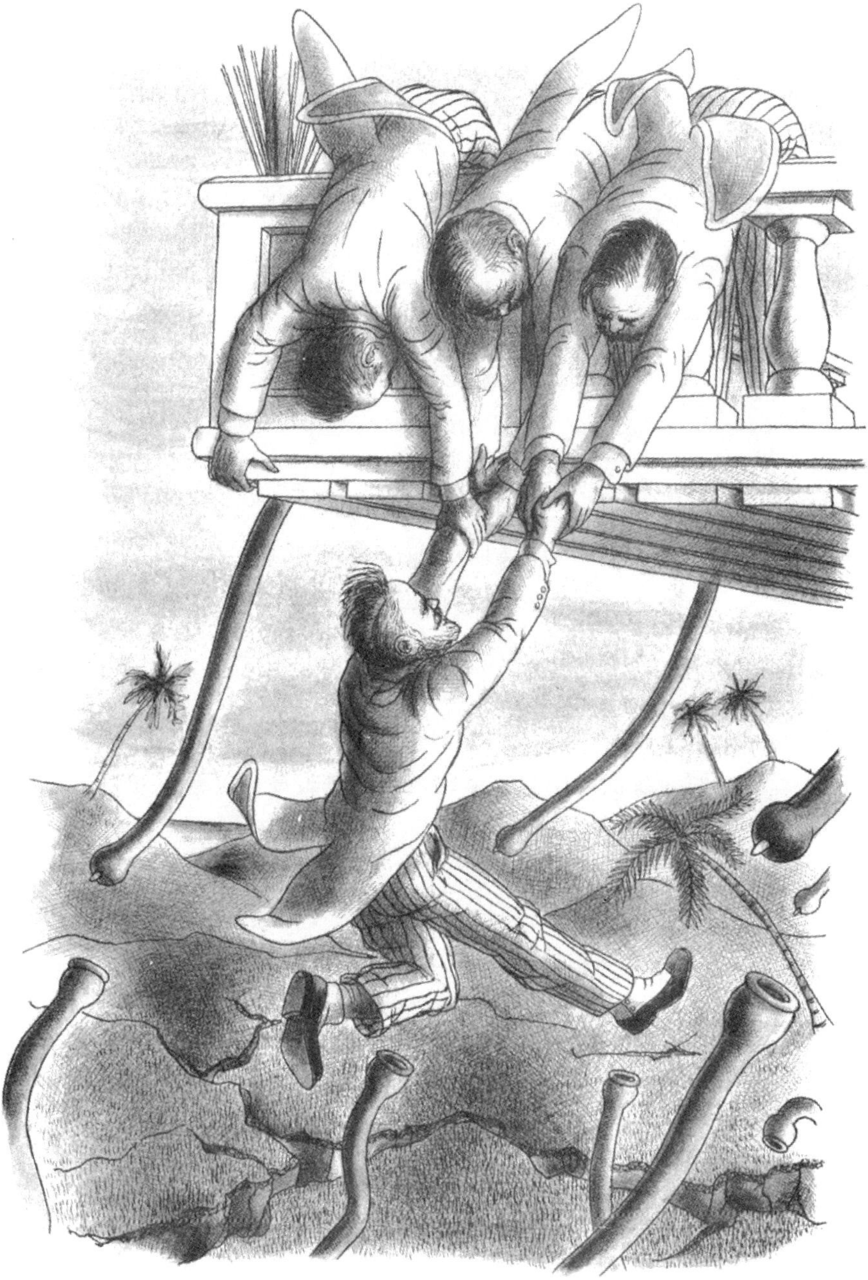

服，上升的速度也不快。要想把软管的连接器啪一声推进氢气罐，需要一定的耐心和150磅的推力。慌乱中，男人们各自抓着软管前端，两两相对，使出吃奶的力气往里塞，还不时滑到，撞了脑袋。起飞三分钟后，除了我以外，所有人都一齐大呼小叫。因为人家说这都是经过充分演练了的，我就不便插嘴了，担心群情激愤中，我的鼻子上会结结实实地挨上一拳。

人们奋不顾身、孤注一掷，经过一阵忙乱，总算把所有的软管接好了。男孩子们马上就为气球加上了气。M先生踩了一下脚踏杆，把用来为氢气罐和平台绝缘的水都倒掉了，巨大的平台马上就升到了可以飞越火山顶的高度。我们径直飞到了火山口上方。这次与乘坐"旋转木马"号那次可不一样。那次火山是安静的，我们是被真空吸着下坠的。这一次正相反，迎面扑来的是急速上涌的滚滚热浪，一下就把我们远远抛向高空，一直上升到距火山顶半英里远的地方，才算基本稳定下来。当时也许有点儿风，但风力还不足以将我们吹离这股灼热的、一股硫黄味儿的上行气流。我们就被阻遏在这气流的顶部，就像射击场上逆水而上的赛璐珞球[1]一样。女士们，先生们，我们就在这火山口上度

---

[1] 赛璐珞是最早的一种工业塑料。——编者注

过了这一夜，这个炙热的、漫长难熬的不眠之夜。由于火山口升腾的热浪的炙烤，再加上我们被提升至的高度，让气球内的氢气胀得鼓鼓的，最后像要爆炸了似的。想添加氢气，让气球升高一点儿，逃离这股气流，是不可能的。而给气球放气更是愚蠢到家了，因为降低高度会离这炼狱更近。在那个悲惨的夜晚，唯一令人宽慰的就是上行气流让平台变得平稳了，尽管时不时地会前后剧烈摇晃。在身处高空的我们这儿，烈焰熊熊的火山口射出的亮光把什么都染成了血红色，让人觉得更加炙热难耐。就算眼里不是一片鲜红，本来也蒸烤得够受了。这情况真是荒唐：我们还从来没飞过这么高，然而，同以前所有的经历相比，大家也从未觉得离地狱这么近。我想我们带来的食物也一定是热乎乎的，尽管那天晚上谁都没有胃口。

我们在火山口上待了17小时，从26日下午5点，直到第二天上午10点。10点的时候，灼热的气浪似乎失去了势头。我们降到了距山顶100英尺的高度，大体相当于海拔1 500英尺。总算来了一阵风，吹着我们飞离了那个该死的火山口。男孩子们忙碌起来，让平台再次持平。喀拉喀托岛的男男女女眺望着他们的小岛，投去眷恋的目光，觉得喷发已经过去了，真不该这么贸然离开。我不能说自己也有这种心情。那儿已经没有一座完好的房子，即使钻石矿还完好无损，我也不想重新造访这么一个荒凉可怕的所在了。

我们一直飞到距离爪哇岛一英里远的地方。突然间，犹如晴天霹雳，从喀拉喀托岛方向连续传来了七声震耳欲聋的爆炸声，掀起的气浪和爆炸物直冲云霄，我们隔这么远也能看得清清楚楚。飞行平台被震得以30度角前后摇晃起来。靠近围栏的人吓得要死，慌忙抓住栏杆。平台里的人则像平底锅里的烤饼，整个翻了个儿。爆炸时，我们距小岛27英里，刚好处在安全距离上。只要哪怕近上那么一点点，就会从平台上被掀到巽他海峡里去。我们看不到小岛上还留下些什么，因为它厚厚地裹在硕大无比、腾空而起的黑烟中了，烟雾中夹杂着浮石、灰烬、烟雾、熔岩和尘土。我想，裹挟其中的还有价值数十亿美元的钻石。万幸，爆炸过后来了一股强气流，气流的产生就像一颗石子投入湖面产生的涟漪。我们迅速随风飘离了喷发现场。

大家又开始担心了。火山灰、石块，甚至钻石会不会落到身上，会不会把气球击穿。不过坏事儿只兑现了一桩，就是平台很快被黑色尘埃形成的浓烟所笼罩。烟雾太浓，几乎什么也看不清，让平台保持平衡变得极为困难。我们顶着烟

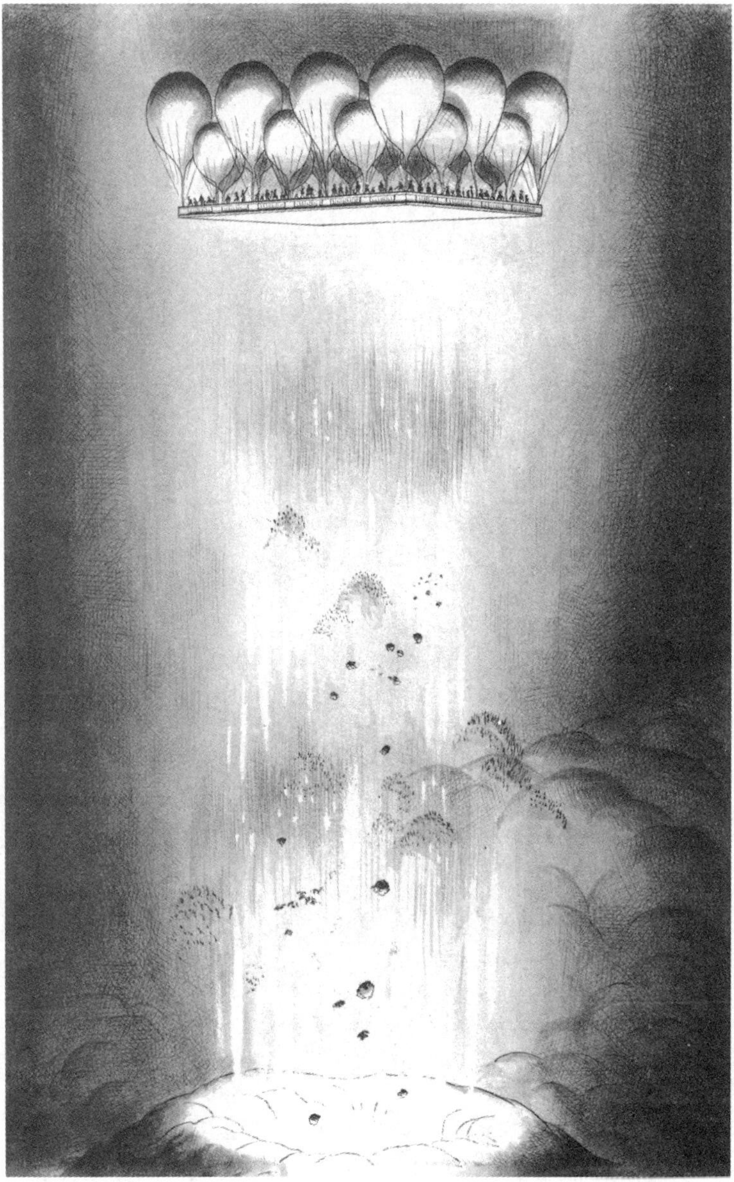

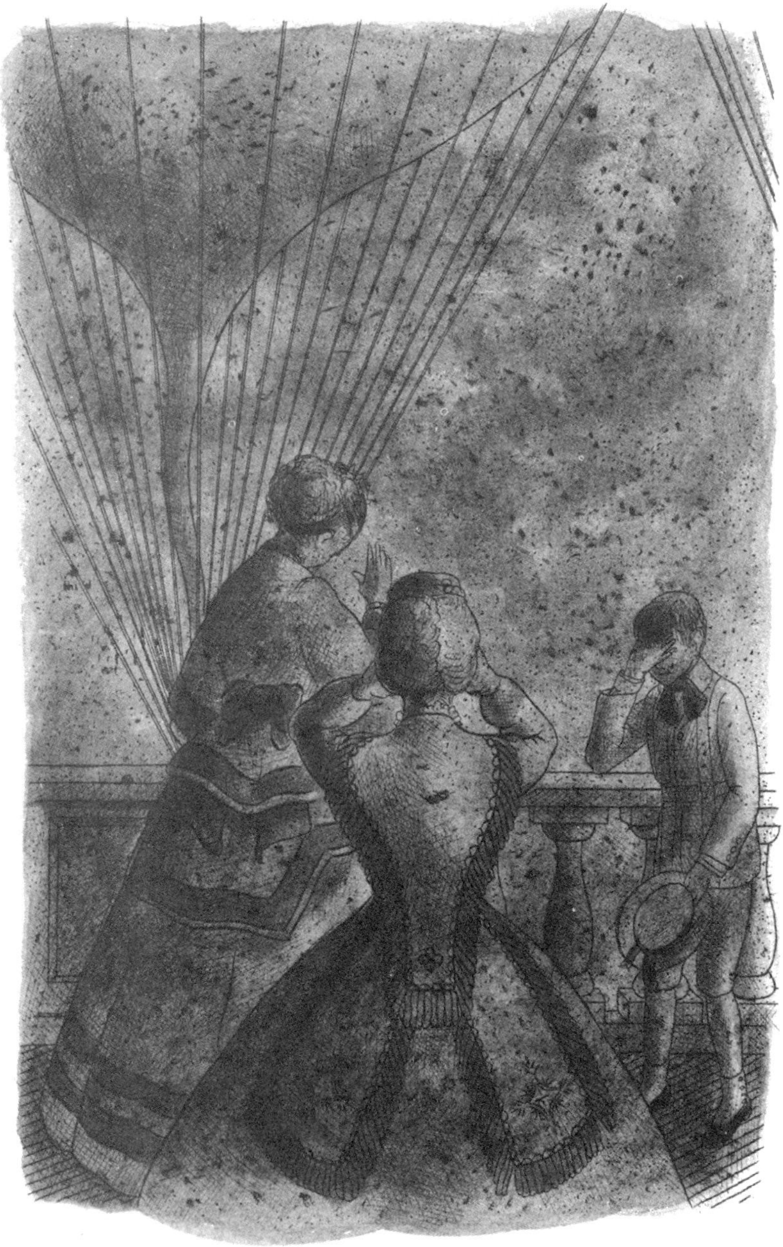

尘飞了好几个小时，连脚下是陆地还是大海都看不清。真害怕运气不好，在爪哇岛撞山哪！我们用手巾捂着脸，免得吸进太多一路缠着我们的高浓度粉尘和浮灰。有一段时间似乎是这样的：只要有风吹着我们，喀拉喀托岛的粉末残渣就会尾随不舍，一座死去的海岛的幽灵就会永远附着我们。爆炸产生的这股风十分强劲。在这段不同寻常的旅途中，自始至终，我们都是在以迅猛的速度向前飞奔。

现在回想起来，在整个充气救生筏旅行史上，我们当时的饮食情况一定是最有意思的。我们带了三大锅火山爆发当日 D 太太做的晚餐，是荷兰菜，叫做酸菜香肠，还有一大罐万豪顿[1]可可和一箱高达奶酪。我听说过海上遇难者连续好多天以硬面饼和水维持生命的事儿。但是，我们——前喀拉喀托岛的公民们——却有酸菜香肠可以享用。这是一道猪肉外加肉汁、酸菜和红肠烹制的菜肴。M 先生是首先发现喀拉喀托岛上有钻石矿、又说服 20 家人来此定居的人。值此危难时刻，他觉得对大家负有一份责任。M 先生监督食物的配给，每人每餐只能分到一小份儿，还有够喝三小口的可可。他动员所有家庭，只留下一家，其余的一看到陆地就跳伞，不管是哪个国家。"我这么主张自有道

---

[1] 万豪顿与本句中的高达皆为荷兰著名食品品牌。——译者注

理,"他对大家解释,"谢尔曼教授没有降落伞,让他考虑乘着平台在陆地降落,这不可能,是愚蠢之举。他得冒冒险,找一片有水的地方坠落才行。自愿留下陪他的这家人得帮着他控制好气球,直到看见海为止。然后这家人再跳伞,把平台留给谢尔曼教授。我希望除了这一家以外,所有家庭都要尽快跳伞。这样可以给谢尔曼教授尽量多留点儿吃的,因为他可能得在陆地上空飞好多天。请注意,与其他食物相比,那箱奶酪不容易坏,我们就不要动了,全留给他吧。"

他这番话我听得很仔细,觉得自己似乎成了即将开场的情节剧的主角,也是最倒霉的演员。

M先生接下来问,哪家人愿意留下来陪伴我,直到我找到合适的时机尝试降落在海上。F全家爽快地应承下来,这让我顿时觉得精神大振。

第二天下午,黑烟已经飘散了不少,我们发现自己已经不在爪哇岛上空飞行了。我一直想搞清楚平台一路是怎么飞来的。我相信当时是在印度洋上空飞行。第三天下午,终于看到陆地了。19个家庭爆发出热烈的欢呼,互相拥抱着,情不自禁地跳起舞来了。F一家人跑到我身边安慰我,也是让我放心,他们不会撇下我的,会陪我安然地前往另一片水域。

很快,我们脚下就不再是水了,而是在绿色的密林上空飞行。M 先生靠在栏杆上,一心想搞清这是哪个国家。他让大家看那一丛丛檀香树和柚树,还注意到土地是红色的。"这是印度。"他判断道。

那 19 个家庭高高兴兴地开始准备自己的家庭降落伞了。降落伞设计精当,我尽可能给大家说得清楚一点儿。一块正方形绸布,伸展在两根结实的竹竿上。竹竿成十字交叉,沿对角线,从绸布的一个角通到对角。绸布的每一个角上都悬着一顶降落伞,每顶降落伞上都垂着两根皮带,缚在一条安全带上。每个家庭成员都束好安全带以后,就可以跳下去了——母亲、父亲和两个孩子,全家一起下落。竹竿使他们之间保持了足够的距离,绝无在空中相撞的危险。

各家人都急着找一块适于落地的地方。起初,我们飞过的全是茂密的丛林,接着又瞅见几个小村庄。M 先生劝大家不要落到村子里去,因为当地人或许还不知道降落伞是什么东西呢。大家一直等着,后来发现远处有一块地方挺合适,那是一块土质看似松软的高地。人们向 F 一家和我告别了,真心诚意地祝我们好运,接着他们几乎同时纵身跃下,这样做是为了着陆后不致走散。平台卸掉了这么多重量，嗖地蹿向了高空。F 先生、F 太太、F–1、F–2 和我继续飞行，又飞了可怕的九天九夜，横穿印度、波斯[1]、土耳其、匈牙利、奥地利、德国和比利时。在比利时上空，F 一家人最后与我告别。我独自飞跃了英格兰，最后得以让平台坠落到大西洋。

八、九月份的天气温暖舒适，风也很理想。但是我们径直飞越了欧洲大陆，竟然与所有的水域失之交臂。达达尼尔海峡不能算，因为它过于狭窄，无法降落。我们根本没看到里海、黑海和地中海。我们5个人9天里过得很惨，主要靠奶酪充饥，翻遍了盛食物的桶，就像狗刨垃圾箱一样。大家从发霉的食物上抠下点儿还能吃的，喝着定量分配的酸菜汁和变质可可；4小时一班，轮着凑合上一觉；一个气球一个气球地来回跑，拼尽全力让平台保持着平衡，直到我们觉得筋疲力尽，像要一头倒在地上爬不起来了似的。第9天我们飞越了比利时，看到英吉利海峡了。我向朋友 F 一家人说再见，帮助他们束好降落伞，失落地注视着他们缓缓坠向脚下的大地，接着我就着手准备降下平台了。

---

[1] 波斯是伊朗在欧洲的古希腊语和拉丁语的旧称译音，即伊朗的古名。——编者注

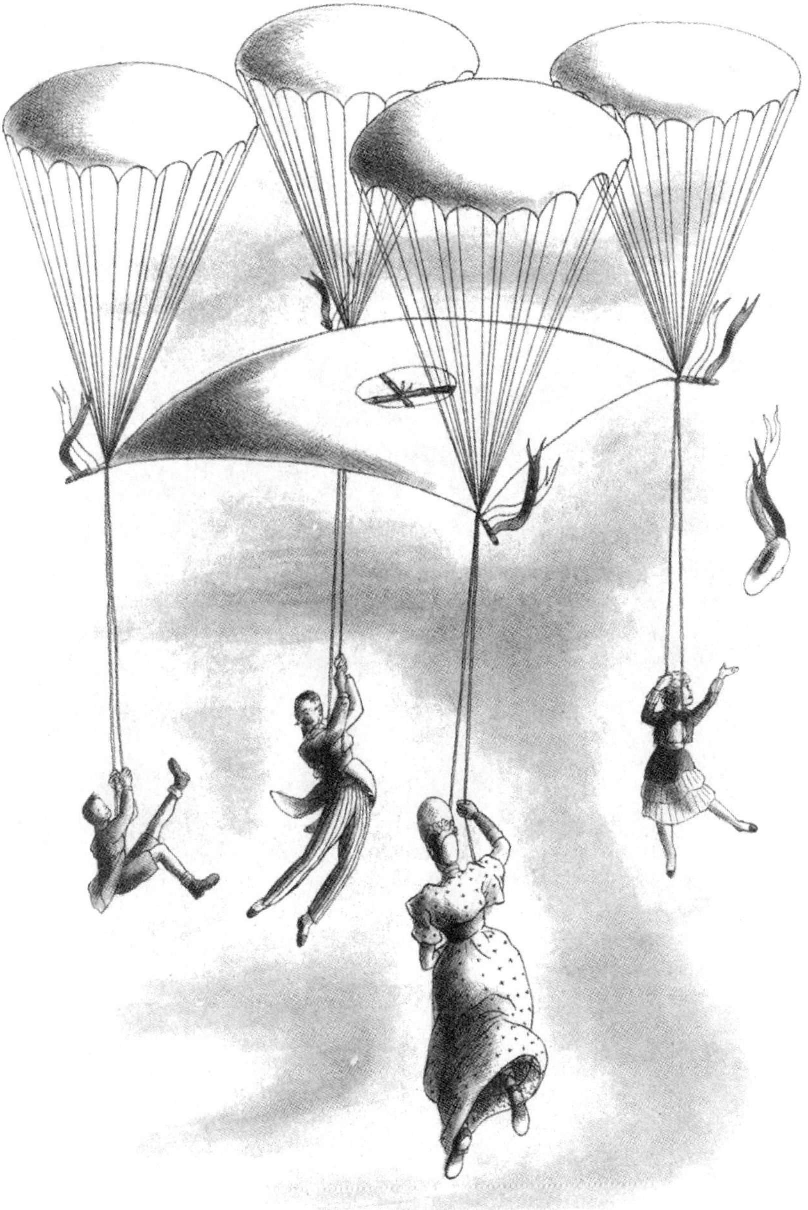

我必须先将软管连接器从插接的氢气罐上拔下,然后才能开通释放气球上氢气的阀门。这个我前面已经说过,需要 150 磅的拉力。仅仅拔了一个我就意识到,自己已经没有多少力气去一个接一个地迅速拔下其他软管,也就是说,来不及在英吉利海峡坠落了。平安降落平台是需要一段飞行距离的,我担心这会逼着我不得不一直飞过海峡,一头撞到英国的海岸上。所以,尽管疲惫不堪,我还是打定主意等一下午,飞过英格兰再说。晚上7点,在苏格兰上空,我看到了大西洋,便立即拿出吃奶的力气,和每一根软管角力,直到把所有的连接器都拆开。然后,我就开始降落了。

这次旅行是以两小时的爬坡跑结束的。每次把气从平台的一面放出来,我就得再爬着坡穿过平台,跑到高的一边去放气,然后又得爬坡跑回另一头。就这样从一头到另一头,过去又回来,跑前又跑后,人总是在上坡路上,直至最后,总算落进大西洋了。我跑的时候,眼前不断闪过在伦敦音乐厅看过的一幕轻歌剧里的情景。一个黑人扮的小丑,穿得像个火车站搬运工,手拿一把榔头,边在台上跑前跑后,边敲打着一根根铁轨,奏出了"天佑国王"[1]。在这巨大的"木琴"上刚奏完一曲,他便累得猛然倒在舞台上,爬不起来了。观众笑得前仰后合。我敢说,坠落后20分钟,"坎宁安"号货轮的西蒙船长看到我并把我救起

---

[1] 《天佑国王》(God Save the King),也作《天佑女王》(God Save the Queen),是英国、英国的皇家属地、海外领土和英联邦王国及其领地作为国歌或皇家礼乐使用的颂歌。歌词和歌名随当朝君主的性别而有所改变。——编者注

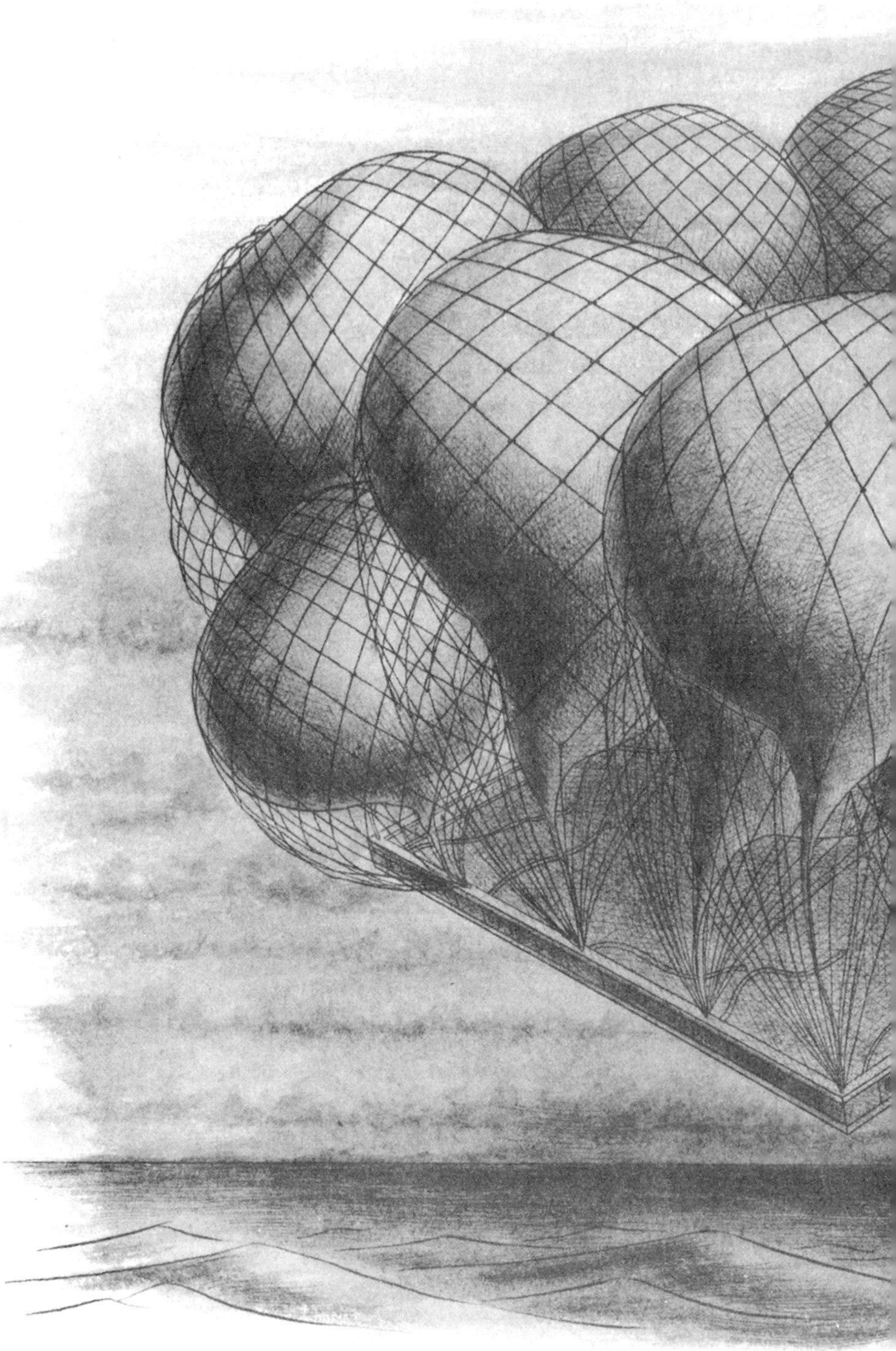

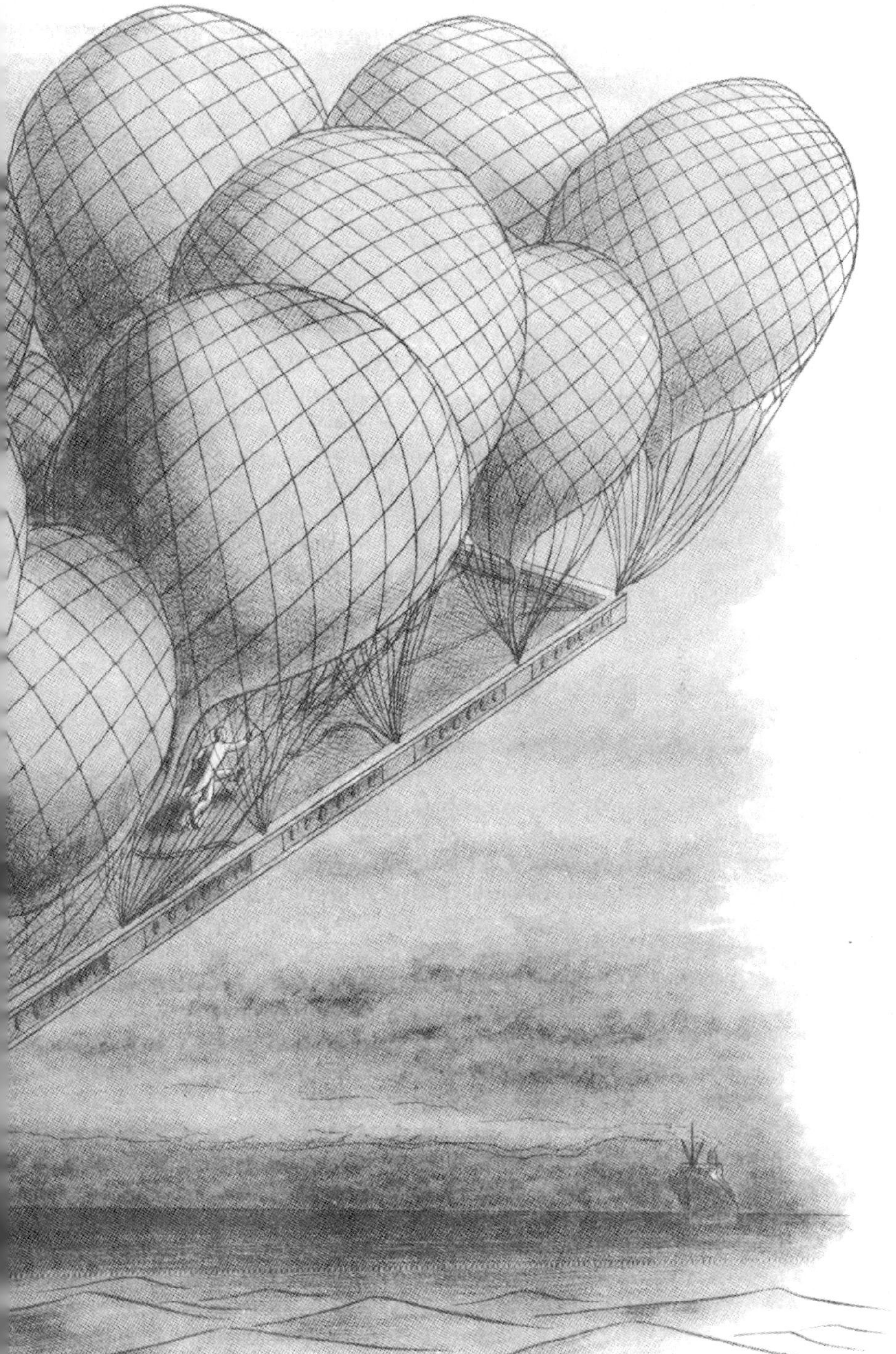

来的时候，我肯定已是奄奄一息了。至于故事的其余部分，我相信大家已经知道了。现在如果各位有什么问题，我乐意回答。

此时，全场听众齐刷刷地站了起来，向谢尔曼教授致以雷鸣般的掌声和欢呼声。喧腾了大约有 10 分钟。市长一个劲儿握着谢尔曼教授的手用力挥动，还不停地拍打着他的后背，最后总算松了手，走上台举起双手，示意听众安静。"诸位有问题吗？"他向着大厅问。

一阵短暂的沉寂。接着听众中有人大声发问："您还生着病，怎么会有力气给我们做了这么一次精彩的演讲，谢尔曼教授？"

"哈哈哈，"教授的笑声很洪亮，拔腿从床上跳了下来，"我觉得很好。在总统专列上做的跨越全国的五天旅行中，我完全休息过来了。原本可以站着讲来着。但看到讲台上有这么一张漂亮的床，又觉得错过这好事儿，就是个绝顶的傻瓜了。"

这么一说，人群又一次爆发出哄堂大笑，鼓掌表示赞赏。接着，一位女士站了起来，说："今后你打算做什么，教授？"

威廉·沃特曼·谢尔曼教授顿时笑得合不拢嘴了。他撸起外衣袖子，露出了一对袖口链扣。钻石链扣此时熠熠生辉，在舞台脚灯那密集光束的映照下不停地闪烁。"我有一副钻石袖口链扣，是用四颗利马豆大小的钻石做的。是我在喀拉喀托岛上岸的第一天，我的好朋友 F 先生送我的。

我要先把这袖口链扣卖掉,为自己造一只气球,命名为环球二号。气球上安装一个吊篮屋和一只海鸥夹子。夹子我正在搞呢。我打算用食物做压舱石,在空中待上一整年,真正快快活活地生活一年,在气球上逍遥一年!"

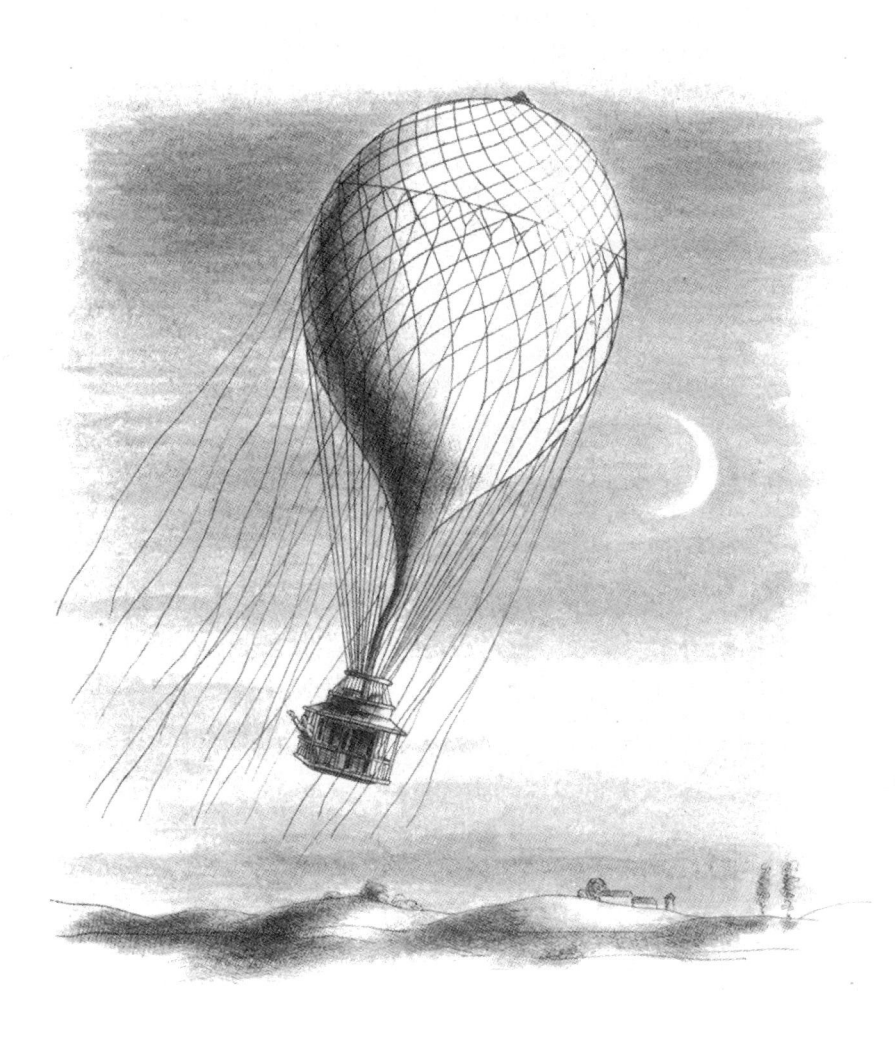

图书在版编目（CIP）数据

二十一只气球 /（美）威廉·佩内·杜·博伊斯著、绘；许效礼译 . 一昆明：晨光出版社，2020.10（2024.4 重印）
ISBN 978-7-5715-0587-5

Ⅰ.①二… Ⅱ.①威…②许… Ⅲ.①儿童小说 - 长篇小说 - 美国 - 现代 Ⅳ.① I712.84

中国版本图书馆 CIP 数据核字（2020）第 047657 号

THE TWENTY-ONE BALLOONS
Copyright © by William Pène Du Bois,1947
All rights reserved including the right of reproduction in whole or in part in any form.
This edition published by arrangement with Viking Children's Books, an imprint of Penguin Young Readers Group, a division of Penguin Random House LLC.

著作权合同登记号　图字：23-2019-121 号

ER SHI YI ZHI QI QIU
二十一只气球

出 版 人	吉　彤
作　　者	〔美〕威廉·佩内·杜·博伊斯
绘　　者	〔美〕威廉·佩内·杜·博伊斯
译　　者	许效礼
项目策划	禹田文化
版权编辑	陈　甜
责任编辑	李　政　常颖雯
项目编辑	许春晖
封面设计	萝　卜
版式设计	常　跃
出　　版	晨光出版社
地　　址	昆明市环城西路 609 号新闻出版大楼
邮　　编	650034
发行电话	（010）88356856　88356858
印　　刷	固安兰星球彩色印刷有限公司
经　　销	各地新华书店
版　　次	2020 年 10 月第 1 版
印　　次	2024 年 4 月第 6 次印刷
开　　本	145mm×210mm　32 开
印　　张	6.5
ISBN	978-7-5715-0587-5
字　　数	104 千
定　　价	24.00 元

退换声明：若有印刷质量问题，请及时和销售部门（010-88356856）联系退换。

金牌小说